史上第一本！

中文日文語言交換書

全方位日檢1-5級文型、文法、生字！

林真真 **編著**　　多和田惠里子 校訂

MP3
全書220分鐘
完整收錄

- 從中、日文發音到文法、會話一應俱全。
- 1-4課適合日檢1-3級者，透過中、日文對譯的方式，導讀中國話發音及標音規則。讀者可透過閱讀了解日檢1-3級慣用語在文章上的運用。
- 5-10課課文適合日檢3-5級者，書中補充大量生字，並透過中、日語順完整比較及詳盡有脈絡的**文法講解**，讓讀者更輕鬆理解學習他國語言。
- 本書是**日文學習者**、想語言交換或想成為中、日文教師者不可或缺的入門書。

- -

- 言語交換で楽しく中国語を学ぼう！この一冊で、中国語の発声法（有気音、無気音、巻き舌音、舌歯音）、アクセント（四声）から会話まで楽しく学習することが出来ます。
- 文法解釈は、日本語と中国語の文型を比較しながら、わかりやすく説明しています。
- 日本語の先生を目指す方、中国語を勉強する方、言語交換をする方に必見の一冊！

智寬文化事業有限公司

作者序

本書是以中、日文初學者，及有志成為中、日文教師的讀者們為對象所設計的入門書。全書繁體字、簡體字、日文三種語言對照標音說明，附問題練習。本書不但是各位讀者基礎的日語學習書，也是外國朋友，尤其是日本朋友學中文的入門書。課文共十課，從零開始，透過有系統學習，以助各位讀者了解文型應用方法及學習上的盲點，並能實際將所學句型應用於日常生活會話中。

中文對中國語系者而言是母語，對日本朋友來說也不陌生。在著者的實際教學經驗中，因為臺灣目前所使用的繁體字較日本的漢字相近，所以學中文的日本朋友在教學上不見得會要求得加授簡體字，但學習時的字體標音，通常會要求以漢語拼音來標音。因為漢語拼音類似羅馬音，在學習記憶上會較方便，自修查字典時也需要。在本書第四課中，特地整理一套規則來說明漢語標音。這是著者個人研究的及使用的方法，透過這方法應該很淺顯易懂，教念法得有標音輔助，漢語標音其實也沒想像的那麼難，只要熟知規則即可。本書的整理，可助您一臂之力。

此外，本書一次幫您解決較難表達的中文有氣音，無氣音，四聲等難題，助您成功的跨越門檻，在中文教學、交友，交流上跨出第一步，透過教學相長更加提升個人語言運用及教學能力。本書每段有加註練習及整理，每題日文語順題，練習完後，可參考文字句型順序稍做變化即成中文語順題，可讓您的語言交換的外國朋友練習，也可應用於中文教學上。本書最後並附上關鍵字、關鍵句型，可帶入基本文型中運用，並補充日文基礎的用言變化及日常常用生詞、會話，以期能給予讀者更多樣的學習。

本書早在民國99年1月就以中、日語順比較為基底完稿並簽約，3月更完成了電子稿整理，也進錄音室做了部分錄音。本書的架構即是以語順作為發想，比較中、日之間的文型用法架構不同，並帶入教學中，讓中、日文教導者、自學者、交流者，都能運用這套理論有個好的入門階段，內文例子句子眾多，可現學、現念、現賣。之所以會延遲到100年才出，是因為老闆陳茂松先生有鑑於亞洲區塊大三通，請著者先寫超好用一系列共4冊中、日生活會話書，希望外國朋友能透過熟悉的母語，在台灣玩得更盡興，吃得更開心，並希望能先出版。後著者忙於日檢文法書

的出版，不自覺中，本書延宕至今，現由原先簽約的統一出版社轉為智寬出版社出版。

本書原本是一本教學中文的教材，因應潮流及新制日檢出題，為使它更能發揮功用，決定稍做修改使它成為一本中、日文語言學習交換書。本書保留最初中文教材原有內容、句型、文法架構，書中因應新日檢最新題型（ ★ ）句子重組來設計講解法，全書皆透過中、日文句型表現比對，再配合精闢詳盡的文法說明，以期能讓讀者一目了然，清楚了解中、日文在句子的表現及其排列組合的不同。每一文法講解、比對、說明後，皆附有大量練習題，讓讀者能在學習後馬上透過大量的練習，印證文法上的學習，不必煩惱新題型輕鬆的通過測試。

本書是各位第一本語言交換書，也應該是中、日文學習者應用母語學習他國語言的學習教材。

中、日文教學上，語順學習有若干注意點

(1) 中，日文的文法要多瞭解及增加其熟悉度

否則很容易錯判句子的本義，教學出來的也可能有所偏誤。以下是實際教學中，中文學習的日本朋友最常提出的困惑句型，比一比不難發現中、日文學習者的困惑處有所雷同，以下舉最經典者為例，中文該如何表達，日本朋友也曾提問過，請各位參考：

例1： (a) 私は日本へ行こうと思っています。

我打算去日本。

(b) 私は彼は日本へ行くと思います。

我想他是要去日本。

這兩個句形也是日文學習者易搞錯的句形，就日文文法中而言

V1う意量形＋と思っています（比起つもり決意較弱）＝つもり（決意較強）/ 打算，決定……

V各時態＋と思います＝想……，認為……

(a)(b) 兩者 (a)是打算，決定……做……，(b)是自身的想法，見解而已，差蠻大的。

例2： (a) このケーキはおいしそうです。

這蛋糕 看起來 好好吃喔。

(b) ここのケーキはおいしいそうです。

聽說這兒的蛋糕好吃。

這是屬於日文中樣態及傳聞的句型，おいしそう和おいしいそう差一個い差很多，日本朋友也是搞不清楚上述句型的中文表達，所以常會提問。

(a) おいしそう是指樣態，看起來……表示所見的型態樣子，眼睛所見所做的判斷。

(b) おいしいそう是指傳聞，聽說……是就耳朵聽到的傳聞作表達。

看起來用眼睛看來的，聽說是用耳朵聽來的，前者是看樣子覺得好像……，而後者是經由傳播聽聞而得知。

同樣的，在中文教學上，有些中文句型套語順教，也容易有盲點，例如例3

例3：則比較屬於中文語法的運用問題

(a) 喝水 (V＋N) / みずを飲む (N＋V)

確實中，日語順相反

但換個中文說法，可就不是那麼回事

(b) 把水喝 (把＋N＋V) / みずを飲む (N＋V)

各位讀者差一個 "把" 就差很大

用 "把" 表現時，同一字義的話語，中、日語順從相反變成相同

以上都是教學上學習者常提出的問題，換個方式，有時就會搞亂，應用上得稍加注意。

所以初步時，請各位應用現有教材去研究推敲。接著讀者可透過每一次學習及語言交換經驗做根基，去創造屬於自己的教學及學習的方法。本書針對讀者學習上難解及中、日文法不同處來講解，也適合日檢應試者閱讀。全書中文皆標註漢語拼音，歐美人士也可閱讀學習。

著者謹以自身學習自修所得的心得及實務教學所知書寫此書，不足之處，懇請海涵，不吝指教。感謝智寬出版社陳宏彰先生的鼎力協助支持。為求本書中、日文用語及表現能達到完全貼切，日文部分情商兩位優秀的日文配音專業者多和田惠里子小姐及小原由里子小姐幫忙用心審校。謝謝菩薩蠻澄羚、立然的幫忙。本書若能對各位日文學習及語言交換上有所助力，著者及所有為本教材用心的好友們都會深感欣喜。語言是連結世界及人心的橋梁，哪怕是單字也好，片語也好，只要雙方懂了就是好的溝通。想學日文的朋友或想學中文的朋友，希望這本書能祝您們一臂之力，讓您們能隨時學，隨處學，不怕學，快樂的學。現在開始看到外國朋友不要怕，雙方有意願的話，就大聲的說「交個朋友吧！我們來語言交換好不好？」祝您順心順利，學習愉快。

著者　　林真真

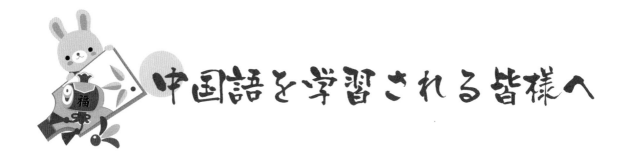

中国は近年めまぐるしい発展を遂げ、中華系の国々と世界各国との貿易及び文化交流も益々頻繁になっています。そのため、中国語は英語と同様に重要な国際言語となりつつあります。台湾、香港、マカオは繁体字を使い、「ㄅ,ㄆ,ㄇ」という昔から伝わる注音符号で表記されます。一方、中国大陸、シンガポール、マレーシアは簡体字を使い、「漢字表音方案」を採択した上で、ピンインで表記されます。海外在住の中国人は繁体字と簡体字を使い分けています。中国大陸では、一部の公式文書や看板で繁体字が使われることもあります。本書では繁体字と簡体字の二種類で説明します。中国語の発音は外国人にとって学びやすいピンインを採用します。その他、中国語を学ぶ上で大切な「四声」（アクセント）や有気音、無気音、巻き舌音などの発声知識も説明します。

本書は元々中国語のテキストとして編集したものを、言語交換の本として再編集したものです。本書を通じて中国語の学習者と日本語の学習者が知り合い、お互いの母国語と文化を学習することができます。本書で紹介する単語と基礎的な文型を使って相手と練習し、上達してきたら長い文型に挑戦してみてください。お互い相手の間違いを指摘することで、語学教師の知識も身に付くことでしょう。

本書は、いつでも、どこでも、誰とでも、中国語と日本語が勉強できる便利な一冊です。言語は世界に通じる扉です。この扉を開けば、もっと世界が広がります。一緒に頑張りましょう。

著者　　林真真

目次
目錄

前言：日文的發音法

第六課
我是中國人 / 私は中国人です

第七課
這是什麼？ / これは何ですか

簡体字を括弧の中から選んで下さい。

（中）請從下列四個解答中選出最適合＿＿＿★＿＿＿位置的解答。 / 次の文の　＿＿＿★＿＿＿ に入る最も適切なものを、1，2，3，4から一つ選んでください。 日本の方は中国語を読んでみてください。

第八課
這兒是哪兒？ / ここはどこですか

句型練習（言葉の練習）唸唸看。 / 読んでみましょう。

※ 把 “～有～” 的句型改換成 “～在～” 的句型練習。 / 「～有～」の文型を「～在～」の文型に替える練習。

（中）請從下列四個解答中選出最適合＿＿＿★＿＿＿位置的解答 / 次の文の　＿＿＿★＿＿＿ に入る最も適切なものを、1，2，3，4から一つ選んでください。 日本の方は中国語を読んでみてください。

※ 請把下列句型中紅色繁體字的正確簡體字從括弧中選出來。 / 赤い繁体字に対して、正しい簡体字を括弧の中から選んで下さい。

第九課

(A)已經（经）……了。 / もう　～Ｖ２ました

(B) 還沒（还没）……… / まだ……（し）ません

(C) 關於其他的時間表現 / その他の時間 表 現

句型練習　請在括弧內正確答案選出來。 / 括弧の中から正しいものを選んで下さい。

句型練習　以下的句型請（請）把中文翻成日文並唸唸看。 / 次の文を日本語に訳してから読んでみてください。

形容詞、動詞の表現——「得」の「得de」と「的」の「的de」の使い方

句型練習 請在括弧內正確答案選出來。/ 括弧の中から正しいものを選んで下さい。

（動詞）　　～（し）たり～　　（し）たりします（ました）。

（形容詞）　　～　くて、～　です。

（形容動詞）　　～　で、～です。

句型練習 翻翻看然後唸唸看。/ 次の言葉を日本語に訳してから読んでみてください。日本の方は中国語の文を読んでみてください。

句型練習 翻翻看然後唸唸看。/ 次の言葉を日本語に訳してから読んでみてください。日本の方は中国語の文を読んでみてください。

第十課
八月十五日中秋節 / 八月十五日日曜日は中秋節（月見）です

句型練習 選選看然後唸唸看。/ 正解を選んで読んでみましょう。

句型練習 文型練習

附錄
互動交流篇 / 交流篇

關鍵字及實用句補充 / キーワードと使える文型

Chapter 1

補充替換字組 / 言葉の補充

    a. 化妝品專櫃 / 化粧品コーナー

    b. 其他專櫃 / 他のコーナー

Chapter 2

用言（形容詞、形容動詞、動詞）單字、例句補充及其變化說明 / 用言（ようげん）の言葉（ことば）と例文（れいぶん）の補充（ほじゅう）と変化（へんか）の説明（せつめい）

Chapter 3

關鍵句帶入用言及體言（名詞、副詞、數詞等）各關鍵字練習，一起唸，一起學，再多帶出一些句子，例句各劃線部分請自由帶入其他更多適合的詞句，創造更多不同的句子。/ 例文（れいぶん）の下線部分（かせんぶぶん）の言葉（こと ば）を適当（てきとう）な用言（ようげん）や体言（たいげん）（名詞（めいし）、副詞（ふくし）、数詞（すうじ）など）の言葉（こと ば）に置（お）き換（か）えて、たくさん文（ぶん）を作（つく）ってみてください。

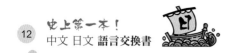
本書使用方法 / 本書の使い方

1. 紅字部分為文型或說明的重點。/ 赤字の部分は文型または説明のポイントです。

2. 繁體字後面所接的括弧為其簡體字及漢語拼音，每個句子的下方皆標有漢語拼音。/ 繁体字の後ろの括弧に簡体字、ピンインを、繁体字の下にピンインを表記します。

例1 開（开）　車　（车,东,练,乐）時（时），請別聽（请别听）音樂（车,东,练,乐）。
　　　kāi　　chē　　　　　　shí　　　　qǐng bié tīng　　　yīn yuè
運転する とき、音楽 を 聞かないで ください。

　　　　開　　　（开）　　　　　　　　　請別聽　　　（请别听）
　　繁體字　　簡体字　　　　　　　　繁體字　　　簡体字

例2 個（个 gě）→ 自個兒（自个儿 zì gě r）/ 自分
　　繁（簡、拼音）繁體字（簡体字、拼音）

例3 お元気　　です　か。
　　你好　　　嗎？　　（繁體字）
　　你好　　　吗？　　（簡体字）
　　nǐ hǎo　　　ma　　（拼音ピンイン）

3. 當繁、簡字發音不同時，兩個發音會一起標在同一個線上，括弧內的為簡體字發音。/ 簡体字と繁体字のピンイン表記が違う場合、先に繁体字のピンインを、括弧に簡体字のピンインを表記します。

例 朋友　　朋友　　péng yǒu(you) / 友達
　　繁體字　簡体字　　繁　　簡

4. 當整句句型只有繁體字而沒有簡體字時，代表整句句型繁、簡字型相同。/ 一種類の漢字のみが書かれる場合、繁体字と簡体字の字体は同じです。

例1	我	的	弟弟		**例2**	我	的	阿姨
	wǒ	de	dì di			wǒ	de	ā yí
	わたし	の	おとうと			わたし	の	おばさん

前言：日文的發音法

MP3 00-01

⑴ **清音（50音）**，日文有五段十行。其中あ行あ、い、う、え、お為母音，其他為子音。鼻音為ん，ん不單獨發音，而與前面的音一起發音。

平仮名

段＼行	あ行	か行	さ行	た行	な行	は行	ま行	や行	ら行	わ行
あ段	あ	か	さ	た	な	は	ま	や	ら	わ
	a	ka	sa	ta	na	ha	ma	ya	ra	wa
い段	い	き	し	ち	に	ひ	み	い	り	い
	i	ki	shi	chi	ni	hi	mi	i	ri	i
う段	う	く	す	つ	ぬ	ふ	む	ゆ	る	う
	u	ku	su	tsu	nu	hu	mu	yu	ru	u
え段	え	け	せ	て	ね	へ	め	え	れ	え
	e	ke	se	te	ne	he	me	e	re	e
お段	お	こ	そ	と	の	ほ	も	よ	ろ	お
	o	ko	so	to	no	ho	mo	yo	ro	o
鼻音	ん									
	n									

<ruby>片仮名<rt>かたかな</rt></ruby>

段 ＼ 行	ア行	カ行	サ行	タ行	ナ行	ハ行	マ行	ヤ行	ラ行	ワ行
あ段	ア	カ	サ	タ	ナ	ハ	マ	ヤ	ラ	ワ
	a	ka	sa	ta	na	ha	ma	ya	ra	wa
い段	イ	キ	シ	チ	ニ	ヒ	ミ	イ	リ	イ
	i	ki	shi	chi	ni	hi	mi	i	ri	i
う段	ウ	ク	ス	ツ	ヌ	フ	ム	ユ	ル	ウ
	u	ku	su	tsu	nu	hu	mu	yu	ru	u
え段	エ	ケ	セ	テ	ネ	ヘ	メ	エ	レ	エ
	e	ke	se	te	ne	he	me	e	re	e
お段	オ	コ	ソ	ト	ノ	ホ	モ	ヨ	ロ	オ
	o	ko	so	to	no	ho	mo	yo	ro	o
<ruby>鼻音<rt>びおん</rt></ruby>	ン									
	n									

🎏 MP3 00-02

(2) 濁音、半濁音
<ruby>平仮名<rt>ひらがな</rt></ruby>

が行	ざ行	だ行	ば行	ぱ行
が	ざ	だ	ば	ぱ
ga	za	da	ba	pa
ぎ	じ	ぢ	び	ぴ
gi	zi	ji	bi	pi
ぐ	ず	づ	ぶ	ぷ
gu	zu	zu	bu	pu
げ	ぜ	で	べ	ぺ

ge	ze	de	be	pe
ご	ぞ	ど	ぼ	ぽ
go	zo	do	bo	po

片仮名

ガ行	ザ行	ダ行	バ行	パ行
ガ	ザ	ダ	バ	パ
ga	za	da	ba	pa
ギ	ジ	ヂ	ビ	ピ
gi	zi	ji	bi	pi
グ	ズ	ヅ	ブ	プ
gu	zu	zu	bu	pu
ゲ	ゼ	デ	ベ	ペ
ge	ze	de	be	pe
ゴ	ゾ	ド	ボ	ポ
go	zo	do	bo	po

MP3 00-03

(3) 拗音
平仮名

きゃ kya	しゃ sha	ちゃ cha	にゃ nya	ひゃ hya	みゃ mya	りゃ rya
きゅ kyu	しゅ shu	ちゅ chu	にゅ nyu	ひゅ hyu	みゅ myu	りゅ ryu
きょ kyo	しょ sho	ちょ cho	にょ nyo	ひょ hyo	みょ myo	りょ ryo
ぎゃ gya	じゃ zya			びゃ bya	ぴゃ pya	
ぎゅ gyu	じゅ zyu			びゅ byu	ぴゅ pyu	
ぎょ gyo	じょ zyo			びょ byo	ぴょ pyo	

片仮名 _{かたかな}

キャ kya	シャ sha	チャ cha	ニャ nya	ヒャ hya	ミャ mya	リャ rya
キュ kyu	シュ shu	チョ chu	ニュ nyu	ヒュ hyu	ミュ myu	リュ ryu
キョ kyo	ショ sho	チョ cho	ニョ nyo	ヒョ hyo	ミョ myo	リョ ryo
ギャ gya	ジャ zya				ビャ bya	ピャ pya
ギュ gyu	ジュ zyu				ビュ byu	ピュ pyu
ギョ gyo	ジョ zyo				ビョ byo	ピョ pyo

🎏 **MP3 00-04**

(4) **促音**：字中有小寫寫的っ或ッ時，小寫寫的っ或ッ是不發音，但音節要留給它。

　　例如：ざっし / 雜誌　　　がっこう / 學校　　　きって / 郵票

　　　　　きっぷ / 票　　　　マッチ / 火柴　　　クッキー / 餅乾

🎏 **MP3 00-05**

(5) **長音**：每段子音後接該段母音時拉長音。除此以外，え段音後接い、え，或者お段音後接う、お時也拉長音。　兩個音一起發音而不單獨發音，延長成為兩拍即為拉長音。片假名的長音以 "ー" 來表示。這種情形家族稱謂最多見。

　　例如：おじい さん / 爺爺(お＋じい長音＋さん鼻音，五個假名發三段音節拍為1.2.2)

　　　　　おばあ さん / 奶奶　　　おとう さん / 爸爸　　　おねえ さん / 姊姊

　　　　　こう えん / 公園　　　えい ご / 英文

🎏 **MP3 00-06**

(6) **特殊音**：只有外來語片假名才有。

　　例如：チェック / check檢查　　　ティー / tea茶

第一課
注音符號及漢語拼音
注 音符号（ㄅㄆㄇㄈ）とピンイン（ローマ字アルファベット）

中國大陸→漢語拼音方案（羅馬字）/ 漢語ピンイン方案（ローマ字アルファベット）

臺灣→ㄅ、ㄆ、ㄇ、ㄈ注音符號 / 注音符号（ㄅㄆㄇㄈ）

中國大陸是使用簡體字，文字是用漢語拼音，也就是羅馬字母來標音。另一方面，中華民國台灣則是使用繁體字，以ㄅ、ㄆ、ㄇ、ㄈ注音符號來標音。/ 中国では簡体字が使われ、発音はピンイン（ローマ字アルファベット）で表記されます。一方、台湾では繁体字が使われ、注音符号（ㄅㄆㄇㄈ）で表記されます。

ㄅ、ㄆ、ㄇ、ㄈ注音符號為中國字原有的標音符號，現在仍為臺灣所使用。/ 注音符号は中国語の元の表音文字です。台湾ではまだ使われていますが、

中國大陸方面，為使中國話成為國際語言，所以國會中採選了漢語拼音方案，決定了漢語拼音（羅馬字）為簡體字的標音符號。/ 中国では中国語を国際語にするため、国会で「漢語ピンイン方案」を採択し、ピンイン(ローマ字アルファベット)を簡体字の表音文字と決定しました。

漢語拼音是配合注音符號來標音。注音符號中，中文發音從ㄅ(b)到ㄙ(s)共21個注音符號為子音，中文學習上稱為聲母。/ ピンインを注音符号（ㄅㄆㄇㄈ）と照らし合わせてそのローマ字アルファベットを定めます。中国語にはㄅ(b)からㄙ(si)まで合わせて２１個の子音があり、中国語では子音は声母と呼ばれています。

其他的從Ｙ(a)到ㄩ(yu)為止16個注音符號為母音，中文學習上稱為韻母。 ／ その他、Ｙ(a)からㄩ(yu)までの１６個の母音があり、中国語では母音は韻母と呼ばれています。

請參閱下列各表（依大陸官方漢語拼音方案記載）。 ／ 以下の表を参照してください。

表㈠為字母表→字母表中記載的字母只用來拼寫外來語，少數民族語言和方言用，書寫法與羅馬字相同。 ／ 表(1)はアルファベット表（字母表）です。アルファベット表に記載されるアルファベットは外来語、少数民族の言葉及び方言のみに使います。書き方はローマ字と同じです。

表㈡為聲母表（子音表）。表㈢為韻母表（母音表）。 ／ 表(2)は声母表（子音表）です。表(3)は韻母表（母音表）です。

新出単語：

①表記 ／（用文字）表現	⑦採択 ／ 採納，通過
②表音文字 ／ 標音文字	⑧ー照らし合わせる ／ 對照，查對
③ローマ字 ／ 羅馬字	⑨定める ／ 制定
④アルファベット ／ alphabet字母	⑩参照 ／ 參照，參閱
⑤元 ／ 原本，本來，根源	⑪ーのみ ／ 只有，同だけ，しか……ない的用法（JLPT日檢4級重點文型）
⑥ーにする ／ 讓……成為……（有人為力量介入，屬他動詞），要跟ーになる區分（自然而然，屬自動詞）。例：賑やかにする ／（用手段炒熱氣氛）使熱鬧，賑やかになる ／（自然而然）熱鬧起來（JLPT日檢3、4級自動詞、他動詞重點文型）	

 **MP3 01-02**

漢語拼音方案 / 漢語ピンイン方案

表㈠字母表 / 表⑴アルファベット表

只用來拼寫外來語，少數民族語言及方言時用，書寫法與羅馬字相同。 /

アルファベット表に記載されるアルファベットは外来語、少数民族の言葉及び方言のみに使います。書き方はローマ字と同じです。

表 ㈠ アルファベット表（字母表）

字母名稱 （稱）	A a ㄚ	B b ㄅㄝ	C c ㄘㄝ	D d ㄉㄝ	E e ㄜ	F f ㄝㄈ
G g ㄍㄝ	H h ㄏㄚ	I i ㄧ	J j ㄐㄧㄝ	K k ㄎㄝ	L l ㄝㄌ	M m ㄝㄇ
N n ㄋㄝ	O o ㄛ	P p ㄆㄝ	Q q ㄑㄧㄡ	R r ㄚㄦ	S s ㄝㄙ	T t ㄊㄝ
U u ㄨ	V v ㄘㄝ	W w ㄨㄚ	X x ㄒㄧ	Y y ㄧㄚ	Z z ㄗㄝ	

 **MP3 01-03**

表 ㈡ 声母表（子音表）

ㄅ b （無氣音）	ㄆ p （有氣音）	ㄇ m （鼻音）	ㄈ f （擦聲 / 擦音）
ㄉ d （無氣音）	ㄊ t （有氣音）	ㄋ n （鼻音）	ㄌ l （辺音）
ㄍ g （無氣音）	ㄎ k （有氣音）	ㄏ h （擦聲 / 擦音）	ㄐ j （無氣音）
ㄑ q （有氣音）	ㄒ x （擦音）	ㄓ zh(i) （捲舌音 / 巻舌音）	ㄔ ch(i) （捲舌音）

ㄕ sh(i)（捲舌音）	ㄖ r(i)（捲舌音）	ㄗ z(i)（舌齒音）	ㄘ c(i)（舌齒音）	ㄙ s(i)（舌齒音）

MP3 01-04

有氣音→送氣，類似日文半濁音"ぱ、ぴ、ぷ、ぺ、ぽ"的發聲法。 / 送気、日本語の半濁音「ぱ」、「ぴ」、「ぷ」、「ぺ」、「ぽ」に似ている発声法です。

無氣音→不送氣，類似日文清音的發聲法。 / 不送気、日本語の清音に似ている発声法です。

鼻音→類似日文"ん"的發聲法。 / 日本語の「ん」に似ている発声法です。

擦音→摩擦音的一種。 / 摩擦音の一種です。

邊音→口中的空氣從舌的兩側放出。 / 口の中の空気を舌の両側から出します。

舌齒音→舌尖頂往上牙齦的內側，空氣在牙齒間磨擦放出發聲。 / 舌先を上の歯茎の裏に着けて、息を歯の間から摩擦しながら発声します。

新出単語：

①舌先 / 舌尖	②歯茎 / 牙齦	③裏 / 內側，背面，後面

MP3 01-05

表 (三) 韻母表（母音表）			
	ㄧ(yi) (y) (-i)	ㄨ (wu) (w) (–u)	ㄩ (yu) (-ü) (-u)
（あ）ㄚ (a)	ㄧㄚ (ya) (-ia)	ㄨㄚ (wa) (-ua)	
（お）ㄛ (o)		ㄨㄛ (wo) (-uo)	
（ㄥ）ㄜ (e)			
（え）ㄝ (e)	ㄧㄝ (ye) (-ie)		ㄩㄝ (yue) (-üe)
（あい）ㄞ (ai)		ㄨㄞ (wai) (-uai)	
（えい）ㄟ (ei)		ㄨㄟ (wei) (-ui)	
（あお）ㄠ (ao)	ㄧㄠ (yao) (-iao)		
（おう）ㄡ (ou)	ㄧㄡ (you) (-iu)		
（鼻音）ㄢ (an)	ㄧㄢ (yan) (-ian)	ㄨㄢ (wan) (-uan)	ㄩㄢ (yuan) (-üan)
（鼻音）ㄣ (en)	ㄧㄣ (yin) (-in)	ㄨㄣ (wen) (-un)	ㄩㄣ (yun) (-un)
（鼻音）ㄤ (ang)	ㄧㄤ (yang)(-iang)	ㄨㄤ (wang) (-uang)	ㄩㄥ (yong) (-iong)
（鼻音）ㄥ (eng)	ㄧㄥ (ying) (ing)	ㄨㄥ (weng) (-ong)	
（捲舌音）ㄦ (er)			

MP3 01-06

子音＋單母音練習表 / 子音＋単母音練習表

	ㄚ(a)	ㄛ(o)	ㄜ(e)	ㄝ(ê)	ㄞ(ai)	ㄟ(ei)	ㄠ(ao)	ㄡ(ou)
ㄅ(b)	ㄅㄚ b a	ㄅㄛ b o			ㄅㄞ b ai	ㄅㄟ b ei	ㄅㄠ b ao	
ㄆ(p)	ㄆㄚ p a	ㄆㄛ p o			ㄆㄞ p ai	ㄆㄟ p ei	ㄆㄠ p ao	ㄆㄡ p ou
ㄇ(m)	ㄇㄚ m a	ㄇㄛ m o	ㄇㄜ m e		ㄇㄞ m ai	ㄇㄟ m ei	ㄇㄠ m ao	ㄇㄡ m ou
ㄈ(f)	ㄈㄚ f a	ㄈㄛ f o				ㄈㄟ f ei		ㄈㄡ f ou

ㄅ(b)	ㄅㄚ b a		ㄅㄜ b e	ㄅㄞ b ai	ㄅㄟ b ei	ㄅㄠ b ao	ㄅㄡ b ou
ㄊ(t)	ㄊㄚ t a		ㄊㄜ t e	ㄊㄞ t ai		ㄊㄠ t ao	ㄊㄡ t ou
ㄋ(n)	ㄋㄚ n a		ㄋㄜ n e	ㄋㄞ n ai	ㄋㄟ n ei	ㄋㄠ n ao	
ㄌ(l)	ㄌㄚ l a		ㄌㄜ l e	ㄌㄞ l ai	ㄌㄟ l ei	ㄌㄠ l ao	ㄌㄡ l ou
ㄍ(g)	ㄍㄚ g a		ㄍㄜ g e	ㄍㄞ g ai	ㄍㄟ g ei	ㄍㄠ g ao	ㄍㄡ g ou
ㄎ(k)	ㄎㄚ k a		ㄎㄜ k e	ㄎㄞ k ai		ㄎㄠ k ao	ㄎㄡ k ou
ㄏ(h)	ㄏㄚ h a		ㄏㄜ h e	ㄏㄞ h ai	ㄏㄟ h ei	ㄏㄠ h ao	ㄏㄡ h ou
ㄐ(j)							
ㄑ(q)							
ㄒ(x)							
ㄓ(zh)	ㄓㄚ zh a		ㄓㄜ zh e	ㄓㄞ zh ai		ㄓㄠ zh ao	ㄓㄡ zh ou
ㄔ(ch)	ㄔㄚ ch a		ㄔㄜ ch e	ㄔㄞ ch ai		ㄔㄠ ch ao	ㄔㄡ ch ou
ㄕ(sh)	ㄕㄚ sh a		ㄕㄜ sh e	ㄕㄞ sh ai	ㄕㄟ sh ei	ㄕㄠ sh ao	ㄕㄡ sh ou
ㄖ(r)			ㄖㄜ r e			ㄖㄠ r ao	ㄖㄡ r ou
ㄗ(z)	ㄗㄚ z a		ㄗㄜ z e	ㄗㄞ z ai	ㄗㄟ z ei	ㄗㄠ z ao	ㄗㄡ z ou
ㄘ(c)	ㄘㄚ c a		ㄘㄜ c e	ㄘㄞ c ai		ㄘㄠ c ao	ㄘㄡ c ou

ㄙ(s)	ㄙㄚ s a		ㄙㄜ s e		ㄙㄞ s ai		ㄙㄠ s ao	ㄙㄡ s ou

🐟 MP3 01-07

	ㄢ(an)	ㄣ(en)	ㄤ(ang)	ㄥ(eng)	ㄧ(i)	ㄨ(u)	ㄩ(u,ü)
ㄅ(b)	ㄅㄢ b an	ㄅㄣ b en	ㄅㄤ b ang	ㄅㄥ b eng	ㄅㄧ b i	ㄅㄨ b u	
ㄆ(p)	ㄆㄢ p an	ㄆㄣ p en	ㄆㄤ p ang	ㄆㄥ p eng	ㄆㄧ p i	ㄆㄨ p u	
ㄇ(m)	ㄇㄢ m an	ㄇㄣ m en	ㄇㄤ m ang	ㄇㄥ m eng	ㄇㄧ m i	ㄇㄨ m u	
ㄈ(f)	ㄈㄢ f an	ㄈㄣ f en	ㄈㄤ f ang	ㄈㄥ f eng		ㄈㄨ f u	
ㄉ(d)	ㄉㄢ d an		ㄉㄤ d ang	ㄉㄥ d eng	ㄉㄧ d i	ㄉㄨ d u	
ㄊ(t)	ㄊㄢ t an		ㄊㄤ t ang	ㄊㄥ t eng	ㄊㄧ t i	ㄊㄨ t u	
ㄋ(n)	ㄋㄢ n an	ㄋㄣ n en	ㄋㄤ n ang	ㄋㄥ n eng	ㄋㄧ n i	ㄋㄨ n u	ㄋㄩ n ü
ㄌ(l)	ㄌㄢ l an		ㄌㄤ l ang	ㄌㄥ l eng	ㄌㄧ l i	ㄌㄨ l u	ㄌㄩ l ü
ㄍ(g)	ㄍㄢ g an	ㄍㄣ g en	ㄍㄤ g ang	ㄍㄥ g eng		ㄍㄨ g u	
ㄎ(k)	ㄎㄢ k an	ㄎㄣ k en	ㄎㄤ k ang	ㄎㄥ k eng		ㄎㄨ k u	
ㄏ(h)	ㄏㄢ h an	ㄏㄣ h en	ㄏㄤ h ang	ㄏㄥ h eng		ㄏㄨ h u	
ㄐ(j)					ㄐㄧ j i		ㄐㄩ j u

ㄑ(q)					ㄑ一 q i		ㄑㄩ q u
ㄒ(x)					ㄒ一 x i		ㄒㄩ x u
ㄓ(zh)	ㄓㄢ zh an	ㄓㄣ zh en	ㄓ尢 zh ang	ㄓㄥ m eng		ㄓㄨ zh u	
ㄔ(ch)	ㄔㄢ ch an	ㄔㄣ ch en	ㄔ尢 ch ang	ㄔㄥ ch eng		ㄔㄨ ch u	
ㄕ(sh)	ㄕㄢ sh an	ㄕㄣ sh en	ㄕ尢 sh ang	ㄕㄥ sh eng		ㄕㄨ sh u	
ㄖ(r)	ㄖㄢ r an	ㄖㄣ r en	ㄖ尢 r ang	ㄖㄥ r eng		ㄖㄨ r u	
ㄗ(z)	ㄗㄢ z an	ㄗㄣ z en	ㄗ尢 z ang	ㄗㄥ z eng		ㄗㄨ z u	
ㄘ(c)	ㄘㄢ c an	ㄘㄣ c en	ㄘ尢 c ang	ㄘㄥ c eng		ㄘㄨ c u	
ㄙ(s)	ㄙㄢ s an	ㄙㄣ s en	ㄙ尢 s ang	ㄙㄥ s eng		ㄙㄨ s u	

🎏 MP3 01-08

子音＋雙母音練習表 / 子音＋二重母音の練習表

雙母音 子音	一ㄚ i a	一ㄝ i e	一ㄠ i ao	一ㄡ iu	一ㄢ i an	一ㄣ in
ㄅ(b)		ㄅ一ㄝ b i e	ㄅ一ㄠ b i ao		ㄅ一ㄢ b i an	ㄅ一ㄣ b in
ㄆ(p)		ㄆ一ㄝ pi e	ㄆ一ㄠ p i ao		ㄆ一ㄢ Pi an	ㄆ一ㄣ P in
ㄇ(m)		ㄇ一ㄝ m i e	ㄇ一ㄠ m i ao	ㄇ一ㄡ m iu	ㄇ一ㄢ m i an	ㄇ一ㄣ m in

ㄈ(f)					
ㄉ(d)		ㄉㄧㄝ d i e	ㄉㄧㄠ d i ao	ㄉㄧㄡ d iu	ㄉㄧㄢ d i an	
ㄊ(t)		ㄊㄧㄝ t i e	ㄊㄧㄠ t i ao		ㄊㄧㄢ t i an	
ㄋ(n)		ㄋㄧㄝ n i e	ㄋㄧㄠ n i ao	ㄋㄧㄡ n iu	ㄋㄧㄢ n i an	ㄋㄧㄣ n in
ㄌ(l)		ㄌㄧㄝ l i e	ㄌㄧㄠ l i ao	ㄌㄧㄡ l iu	ㄌㄧㄢ l i an	ㄌㄧㄣ l in
ㄍ(g)						
ㄎ(k)						
ㄏ(h)						
ㄐ(j)	ㄐㄧㄚ j i a	ㄐㄧㄝ j i e	ㄐㄧㄠ j i ao	ㄐㄧㄡ j iu	ㄐㄧㄢ j i an	ㄐㄧㄣ j in
ㄑ(q)	ㄑㄧㄚ q i a	ㄑㄧㄝ q i e	ㄑㄧㄠ q i ao	ㄑㄧㄡ q iu	ㄑㄧㄢ q i an	ㄑㄧㄣ q in
ㄒ(x)	ㄒㄧㄚ x i a	ㄒㄧㄝ x i e	ㄒㄧㄠ x i ao	ㄒㄧㄡ x iu	ㄒㄧㄢ x i an	ㄒㄧㄣ x in
ㄓ(zh)						
ㄔ(ch)						
ㄕ(sh)						
ㄖ(r)						
ㄗ(z)						
ㄘ(c)						
ㄙ(s)						

MP3 01-09

雙母音 子音	一尤 i ang	一ㄥ ing	ㄨㄚ u a	ㄨㄛ u o	ㄨㄞ u ai	ㄨㄟ ui
ㄅ(b)		ㄅ一ㄥ b ing				
ㄆ(p)		ㄆ一ㄥ p ing				
ㄇ(m)		ㄇ一ㄥ m ing				
ㄈ(f)						
ㄉ(d)		ㄉ一ㄥ d ing		ㄉㄨㄛ d u o		ㄉㄨㄟ d ui
ㄊ(t)		ㄊ一ㄥ t ing		ㄊㄨㄛ t u o		ㄊㄨㄟ t ui
ㄋ(n)	ㄋ一尤 n i ang	ㄋ一ㄥ n ing		ㄋㄨㄛ n u o		
ㄌ(l)	ㄌ一尤 l i ang	ㄌ一ㄥ l ing		ㄌㄨㄛ l u o		
ㄍ(g)			ㄍㄨㄚ g u a	ㄍㄨㄛ g u o	ㄍㄨㄞ g u ai	ㄍㄨㄟ g ui
ㄎ(k)			ㄎㄨㄚ k u a	ㄎㄨㄛ k u o	ㄎㄨㄞ k u ai	ㄎㄨㄟ k ui
ㄏ(h)			ㄏㄨㄚ h u a	ㄏㄨㄛ h u o	ㄏㄨㄞ h u ai	ㄏㄨㄟ h ui
ㄐ(j)	ㄐ一尤 j i ang	ㄐ一ㄥ j ing				
ㄑ(q)	ㄑ一尤 q i ang	ㄑ一ㄥ q ing				

ㄒ(x)	ㄒ一ㄤ x i ang	ㄒ一ㄥ x ing				
ㄓ(zh)			ㄓㄨㄚ zh u a	ㄓㄨㄛ zh u o	ㄓㄨㄞ zh u ai	ㄓㄨㄟ zh ui
ㄔ(ch)				ㄔㄨㄛ ch u o	ㄔㄨㄞ ch u ai	ㄔㄨㄟ ch ui
ㄕ(sh)			ㄕㄨㄚ sh u a	ㄕㄨㄛ sh u o	ㄕㄨㄞ sh u ai	ㄕㄨㄟ sh ui
ㄖ(r)				ㄖㄨㄛ r u o		ㄖㄨㄟ r ui
ㄗ(z)				ㄗㄨㄛ z u o		ㄗㄨㄟ z ui
ㄘ(c)				ㄘㄨㄛ c u o		ㄘㄨㄟ c ui
ㄙ(s)				ㄙㄨㄛ s u o		ㄙㄨㄟ s ui

MP3 01-10

雙母音 子音	ㄨㄢ u an	ㄨㄣ un	ㄨㄤ u ang	ㄨㄥ ong	ㄩㄝ (üe) (u e)	ㄩㄢ (ü an) (u an)	ㄩㄣ (ün) (un)	ㄩㄥ iong
ㄅ(b)								
ㄆ(p)								
ㄇ(m)								
ㄈ(f)								
ㄉ(d)	ㄉㄨㄢ d u an	ㄉㄨㄣ d u n		ㄉㄨㄥ d ong				
ㄊ(t)	ㄊㄨㄢ t u an	ㄊㄨㄣ t u n		ㄊㄨㄥ t ong				

ㄋ(n)	ㄋㄨㄢ n u an			ㄋㄨㄥ n ong	ㄋㄩㄝ n üe			
ㄌ(l)	ㄌㄨㄢ l u an	ㄌㄨㄣ l u n		ㄌㄨㄥ l ong	ㄌㄩㄝ l üe			
ㄍ(g)	ㄍㄨㄢ g u an	ㄍㄨㄣ g u n	ㄍㄨㄤ g u ang	ㄍㄨㄥ g ong				
ㄎ(k)	ㄎㄨㄢ k u an	ㄎㄨㄣ k u n	ㄎㄨㄤ k u ang	ㄎㄨㄥ k ong				
ㄏ(h)	ㄏㄨㄢ h u an	ㄏㄨㄣ h u n	ㄏㄨㄤ h u ang	ㄏㄨㄥ h ong				
ㄐ(j)					ㄐㄩㄝ j ue	ㄐㄩㄢ j u an	ㄐㄩㄣ j un	ㄐㄩㄥ j iong
ㄑ(q)					ㄑㄩㄝ q ue	ㄑㄩㄢ q u an	ㄑㄩㄣ q un	ㄑㄩㄥ q iong
ㄒ(x)					ㄒㄩㄝ x u e	ㄒㄩㄢ x u an	ㄒㄩㄣ x un	ㄒㄩㄥ x iong
ㄓ(zh)	ㄓㄨㄢ zh u an	ㄓㄨㄣ zh u n	ㄓㄨㄤ zh u ang	ㄓㄨㄥ zh ong				
ㄔ(ch)	ㄔㄨㄢ ch u an	ㄔㄨㄣ ch u n	ㄔㄨㄤ ch u ang	ㄔㄨㄥ ch ong				
ㄕ(sh)	ㄕㄨㄢ sh u an	ㄕㄨㄣ sh u n	ㄕㄨㄤ sh u ang					
ㄖ(r)	ㄖㄨㄢ r u an	ㄖㄨㄣ r u n		ㄖㄨㄥ r ong				
ㄗ(z)	ㄗㄨㄢ z u an	ㄗㄨㄣ z u n		ㄗㄨㄥ z ong				
ㄘ(c)	ㄘㄨㄢ c u an	ㄘㄨㄣ c u n		ㄘㄨㄥ c ong				
ㄙ(s)	ㄙㄨㄢ s u an	ㄙㄨㄣ s u n		ㄙㄨㄥ s ong				

MP3 01-11

注音符號發音時應注意的事項 / 注音符号を発声する際の注意点

　對外國朋友而言，學習中文頗難。中文特別是繁體字筆劃多，筆順又複雜難懂。/ 外国人にとって、中国語の学習はかなり難しいです。特に繁体字の漢字は画数が多く、書き順も複雑で難解です。

　發音上也是，因為有捲舌音這種獨特的發音法，在學習過程中更增添困難。以下將關於其他注意點來做說明。/ また、発声する場合も、巻き舌音のような独特な発声法があるため、学習する上で一層困難になります。次は注意すべき点について説明します。

新出単語：

①一際 / 在…的時候（JLPT日檢2級重點文型）	⑧ような / 像…一樣（日檢3、4級重點文型）
②一にとって / 對……而言，對……來說（JLPT日檢1、2、3級重點文型）	⑨ため / 因為…（JLPT日檢4、5級重點文型）
③かなり /（副）頗……，相當	⑩一上で / 關於……，在……（領域）上（JLPT日檢2、3級重點文型）
④特に / 特別是……	⑪一層 / 更…，越發…
⑤画数 / 漢字筆劃數	⑫名詞＋すべき / べき 本來為 應該…（做），必須…（做）之意，是以動詞3變化辭書形＋べき，本句的すべき為サ変(する)＋べき→通常用名詞＋すべき來表現（JLPT日檢1、2級重點文型）
⑥書き順 / 漢字筆順	
⑦難解 / 難懂，難解	⑬一について / 關於……（JLPT日檢2、3級重點文型）

MP3 01-12

(1) 捲舌音 "ㄓ" "ㄔ" "ㄕ" "ㄖ" "ㄦ" 和舌齒音 "ㄗ" "ㄘ" "ㄙ" 的不同點 / 巻き舌音「ㄓ、ㄔ、ㄕ、ㄖ、ㄦ」と舌歯音「ㄗ、ㄘ、ㄙ」の相違点

　注音符號 "ㄓ" "ㄔ" "ㄕ" "ㄖ" "ㄦ" 是捲舌音。捲舌音對外國朋友來說是最難發的音，捲舌音是以下述方法發音。/ 注音符号「ㄓ、ㄔ、ㄕ、ㄖ、ㄦ」は巻き舌音です。巻き舌音は外国人にとって一番発声しにくい発声法で、次のように発声します。

　首先把舌向內卷，舌背頂住上顎凹處一帶發音，發音時舌背要頂住上顎不放，這是發捲舌音的基本。/ まず舌を巻き、上顎のくぼみの手前あたりに舌の裏をおいて発声します。舌の裏は上顎を押さえて離さないように発声します。これは巻き舌音の発声法の基本です。

　接著是緊接在 "ㄓ" "ㄔ" "ㄕ" "ㄖ" 後面的 "ㄗ" "ㄘ" "ㄙ"。"ㄗ" "ㄘ" "ㄙ" 和 "ㄓ" "ㄔ" "ㄕ" "ㄖ" 發音很像，/「ㄓ、ㄔ、ㄕ、ㄖ」の次は「ㄗ、ㄘ、ㄙ」です。「ㄗ、ㄘ、ㄙ」と「ㄓ、ㄔ、ㄕ、ㄖ」は発声が似ていますが、

　但 "ㄗ" "ㄘ" "ㄙ" 在發音時①沒捲舌，② "ㄗ" "ㄘ" "ㄙ" 是摩擦音的一種，舌尖頂往上牙齦內側，口中的空氣從齒間摩擦放出發音。/「ㄗ、ㄘ、ㄙ」は①舌を巻かない、②摩擦音の一種で、舌先を上の歯茎の裏に着けて、息を歯の間から摩擦しながら発声します。

　以上兩點是 "ㄗ" "ㄘ" "ㄙ" 和 "ㄓ" "ㄔ" "ㄕ" "ㄖ" 的最大不同點。/ これらの二点が「ㄗ、ㄘ、ㄙ」と「ㄓ、ㄔ、ㄕ、ㄖ」の最も異なる点です。

新出単語：

①巻き舌音 / 捲舌音	⑤似る / 相似
②名詞＋のように、V4連體形＋ように / 像……、希望（表目的，願望）（JLPT日檢2、3、4級重點文型）	⑥もっとも /（副）最……
③ーないように /（表目的，願望）不要…（JLPT日檢2、3、4級重點文型）	⑦異なる / 不同
④次 / 其次，接著	

MP3 01-13

(2) 有氣音 / 有気音について

　　有氣音，緊閉的嘴唇像被口中聚積的空氣用力衝破似的，口中氣體摩擦中發出強而有力的發音，跟日語的半濁音（ぱ、ぴ、ぷ、ぺ、ぽ）的發聲法類似。注音符號中的"ㄆ"（p）"ㄊ"（t）"ㄎ"（k）"ㄑ"（q）"ㄔ"（chi）"ㄘ"（ci）即是有氣音。/ 有気音は、唇をぴったり閉じ、息をためて突き破るように摩擦させながら強く発声します。日本語の半濁音「ぱ、ぴ、ぷ、ぺ、ぽ」に似ている発声法です。注音符号の「ㄆ（p）、ㄊ（t）、ㄎ（k）、ㄑ（q）、ㄔ（chi）、ㄘ（ci）」は有気音です。

新出単語：

①ぴったり / 緊閉	④（動作）ながら（動作）/ 邊……邊……，表兩個動作同時進行（JLPT日檢4級重要文型）
②閉じる / 關閉	⑤似る / 像
③突き破る / 撞破，突破	

 MP3 01-14

(3) 無氣音 / 無気音について

　　無氣音和有氣音的發聲法很像，可是發音時口中的空氣沒有像有氣音那麼的有力噴出，空氣是輕緩的噴出，/ 無気音は有気音の発声法に似ていますが、発声する時、息を有気音のように強く出すのではなく、軽くゆっくりと出します。

　　注音符號中的 "ㄅ" "ㄉ" "ㄍ" "ㄐ" "ㄓ" "ㄗ" 即是無氣音。無氣音 的發音法類似日文清音（五十音）的發聲法。/ 注音符号の「ㄅ、ㄉ、ㄍ、ㄐ、ㄓ、ㄗ」は無気音で、日本語の清音に似ています。

　　以上為注音符號發音時該注意的地方，其他，還有像日文 "ん(n)" 的鼻音和二重母音等發音法練習。發音練習時，請多注意這些要點。/ 以上が注音符号を発声する際の注意点です。この他、日本語の「ん」のような鼻音と二重母音などの発声法があります。発声を練習する時は、常にこれらの点に注意してください。

新出単語：

①ゆっくり / 慢慢的	②常に / 常常……
③〜ら/〜等、〜們。接在代名詞後表複數。　例如：これら/這些。	

第二課
中國話的聲調（四聲）/
中国語のアクセント（四声）

關於中國話的聲調（四聲）/ 中国語の四声

　　每個語言都有屬於自己的聲調，中國話的聲調稱為四聲。/ すべての言語にそれぞれ独特なアクセントがあり、中国語のアクセントを「四声」と言います。

　　因為根據聲調高低有四種不同的聲調，所以被稱為四聲。四聲包括一聲（ˉ）、二聲（ˊ）、三聲（ˇ）、四聲（ˋ），另外，還有一種稱為輕音（·）的聲調。/ 声調の高さによって四つのアクセントがあるため「四声」と呼ばれます。四声には、一声（ˉ）、二声（ˊ）、三声（ˇ）、四声（ˋ）があります。他に、軽声と呼ばれるアクセントもあります。

　　輕音的聲調和一聲（ˉ）很像，其音調比一聲（ˉ）來的輕，而且短。/ 軽声のアクセントは一声に似ていますが、一声より軽く短い声調で発声します。

　　中文一個字即是一個音節。包括輕音在內的兩個文字中，光看第一個字（第一音節），就讓人明瞭其要表達之意義，則後面接的那個字只是做為輔助，後面的字（第二音節）就發輕音。/ 中国語は一字一音節になっています。軽声を含む二つの文字のうち、最初の文字（第一音節）を言うだけで、その意味が分かります。後ろの文字は補助的なもので、後ろの文字（第二音節）は軽声で発声します。

例如：鼻子ㄅ一ˊ・ㄗ bí zi的子・ㄗzi / 兒（儿）子ㄦˊ・ㄗ ér zi的子・ㄗzi / 媽（妈）

　　媽ㄇㄚ・ㄇㄚ mā ma的媽・ㄇㄚma / 爸爸ㄅㄚˋ・ㄅㄚ bà ba的爸・ㄅㄚba / 妹

妹ㄇㄟˋˋ・ㄟˋ mèi mei的妹・ㄇㄟ mei等…。 / 例えば、中国語の「鼻→鼻子 bí ziの子zi」、「息子→兒（儿）子ér zi の子zi」、「お母さん→媽媽（妈妈） mā ma の媽（妈）ma」、「お父さん→爸爸bà　baの爸ba」、「妹→妹妹mèi meiの妹 mei」などがあります。

　　就以以下的表格(1)來說明四聲的發音法。 / 以下の表(1)で、四声の発声法を説明します。

　　還有四聲發音練習時，也請配合表格(2)的四聲圖箭頭，配上第一課的子音表、母音表、子音＋母音練習表來練習。 / 四声を練習する時、第一課の子音表、母音表、子音＋母音練習表と合わせて、表(2)の四声図の声調矢印に従って、発声練習をして下さい。

新出単語：

①それぞれ / （名詞・副）各各，分別	④一によって / 依據，遵照……（JLPT日檢1、2、3級重點文型）
②アクセント / accent音調	⑤矢印 / 箭頭
③高さ / 高度，高い / 高，～さ / （接尾）接在形容詞，形容動詞語幹下，成名詞形，表狀態，程度（JLPT日檢3、4級重點文型）	⑥一に従って / 遵照……，依照……（JLPT日檢2、3級重點文型）

MP3 02-02

表(一)　四聲發聲方法說明

四聲發音 記號四聲	四聲記號		四聲的發音方法
	簡	繁	
第一聲	－	（×）	維持五的聲調發音，聲調平平，不上，不下，沒有變化。 表(二) 5→5 (5)高 ——→ (5)高
第二聲	✓	✓	聲調略高(3)，尾音再提高到(5)，從中高聲調開始再抬高尾音。 表(二)3→5 (5)高 ↗ (3)中
第三聲	∨	∨	聲調略低。從(2)的程度先向下壓到最低的(1)的程度，再馬上將尾音拉高到(4)的程度。也就是聲調先往下壓，馬上再抬高尾音。類似日文的「へー、そうなんですか」/「喲！這樣呀！」的「へー」/「喲！」的發音法。 表(二)(2)→(1)→(4) (4)高 (2)中低 ↘　↗ (1)低
第四聲	＼	＼	從(5)高聲調向低聲調(1)壓下聲調，類似日文「そうsoー」/ 是嗎！或「まあmaー」/ 哎呀！的發音法。 表(二)(5)→(1) (5)高 ↘ (1)低
輕音	· （×）	·	比一聲略輕、略短的音。

表㈠　四声の発声方法

印＼発声法	四声の印		表(2)四声図の声調 矢印 に 従 って 練習して下さい。
	簡	繁	
一声 いっせい	一	なし	(5)の高さでずっと発声します。（声調の上げ下げなし、変化なし。） 表(2)四声図(5)→(5) (5)high ——→ (5)high
二声 にせい	✓	✓	中 程度の高さの声調で、(3)から(5)の声調まで尻上がりに高く発声します。 表(2)四声図(3)→(5) (5)high ↗ (3)medial
三声 さんせい	∨	∨	低い声調(2)から(1)まで声調を下げ、またすぐ(4)まで尻上がりに発声します。日本語の「へー、そうなんですか」の「へー」に似ています。 表(2)四声図(2)→(1)→(4) (4)high (2)medial ↘ ↗ (1)Low
四声 よんせい	＼	＼	高い声調(5)から急に(1)まで下げます。日本語の「そう」や「まあ」に似ています。 表(2)四声図(5)→(1) (5)high ↘ (1)Low

| 軽声 | ・
（×） | ・ | 上げ下げがなく、一声に似ていますが、声調は一声より軽く短いです。 |

新出単語：

①上げ / 上・升	④急に /（副）突然
②下げ / 降低，降下	⑤より / 比……，より的前方都放相比之下 比較弱勢者，例：軽声は一声より軽くて、短いです。/ 輕音比1聲輕且短。 一声より軽声のほうが軽くて、短いです。/ 比起1聲輕音這邊較輕且短。 （JLPT日檢4級重點文型）
③尻上がり /（前低）後高，尻 / 末尾，臀部	

MP3 02-03

（表二）四聲圖 / 四声図

　　根據中國話的聲調高低分成五個等份，/ 中国語会話の声調を五つの段階（高さ）に割り当てて、

　　最低音為1，最高音為5，做成四聲圖。四聲音調的高低，是以表中箭頭來顯示其相應的聲調變化。/ 一番低い所を「1」、一番高い所を「5」として、四声図を作ります。四声の声調はこの表の矢印でそれなりの声調変化を示します。

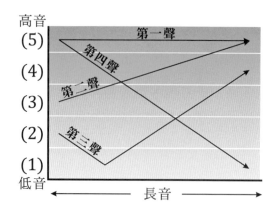

新出単語：

①割り当てる / 分配，分擔	④それなり / 相稱得，是那樣的，〜なり / …與…相應的…（JLPT日檢1、2級重點文型）
②所 / …處，地方（日檢1、2、3級重點文型）	⑤示す / 表示
③〜として / 作為……，以……身分（日檢1、2、3級重點文型）	

	調高低聲	記號
第一聲	(5) ——→ (5)	漢語拼音（－） 注音符號（　）
第二聲	(3) ↗ (5)	漢語拼音（ˊ） 注音符號（ˊ）
第三聲	(2)↘(1)↗(4)	漢語拼音（ˇ） 注音符號（ˇ）
第四聲	(5) ↘ (1)	漢語拼音（ˋ） 注音符號（ˋ）
輕音	輕短	漢語拼音（×·） 注音符號（·）

	声調の高さ	印
第一声	(5) ——→ (5)	漢語ピンイン（－） 注音符号（　）
第二声	(3) ↗ (5)	漢語ピンイン（ˊ） 注音符号（ˊ）
第三声	(2)↘(1)↗(4)	漢語ピンイン（ˇ） 注音符号（ˇ）
第四声	(5) ↘ (1)	漢語ピンイン（ˋ） 注音符号（ˋ）
軽声	軽くて短い	漢語ピンイン（×·） 注音符号（·）

中國話一字一音節。一個字（一個音節）的發音，是由母音（ㄚ～ㄩ），雙母音（ㄨㄚ，一ㄢ，ㄩㄣ）或子音（ㄅ～ㄇ）＋母音的標音，再配合四聲聲調而成。/ 中国語は一字一音節になっています。一音節は一つの母音（ㄚ～ㄩ）か、二重母音（ㄨㄚ、一ㄢ、ㄩㄣ）か、子音（ㄅ～ㄇ）＋母音かでなり、それに四声を合わせて中国語の発音になります。

為把自己的意見正確傳給對方，要注意發音的聲調。/ 自分の意思を正確に相手に伝えられるように、アクセントに注意して下さい。

另一個注意點，是注音符號及漢語拼音標音的不同。/ もう一つ注意すべき点として、注音符号とピンインの四声の付け方の違いが挙げられます。

一聲時漢語拼音則須在字母上方標上一橫線表一聲，而注音符號是不標任何符號（沒有四聲符號）。/ 一声はピンインではアルファベットの上に横線をつけますが、注音符号では何もつけません。

輕音的部份，注音符號在最上方注音符號上方加上 “・” 表輕音，而漢語拼音則不標任何符號，（沒有四聲符號）。/ 軽声は注音符号では一番上の符号の上に「・」（軽声の印）をつけますが、ピンインでは何もつけません。

現在讓我們用母音表（pg21）來練習四聲發音。/ 次に、母音表（PG21）を見ながら四声を練習しましょう。

新出単語：

①もう一つ / 再一個，もう / 已經，再	②つけ方 /（複合名詞）標法

MP3 03-01

第 三 課
注音符號ㄅ、ㄆ、ㄇ、ㄈ標音時如何標四聲
注 音符号（ㄅ、ㄆ、ㄇ、ㄈ）の四声のつけ方

關於ㄅ，ㄆ，ㄇ，ㄈ注音符號四聲標音方法做說明。/ 注音符号（ㄅ、ㄆ、ㄇ、ㄈ）の四声のつけ方について説明します。

MP3 03-02

(1) 當注音符號為單音（單個注音符號標音時），如 ㄜˊ，ㄚˋ，ㄦˊ，ㄧˇ，ㄖˋ 等，四聲的記號就標在字的右上方。/ 一つの注音符号で字を表記する場合、例えば「ㄜˊ，ㄚˋ，ㄦˊ，ㄧˇ，ㄖˋ」など、四声の印はそれらの字の注音符号の右上につけます。

MP3 03-03

(2) 當字有兩個注音符號標音時，四聲記號則標在第一個注音符號（上方的注音符號）及第二個注音符號（下方的注音符號）的中間。例如：/ 二つの注音符号で字を表記する場合、四声の印は最初の注音符号（上の注音符号）と二番目の注音符号（下の注音符号）の間につけます。例えば：

①ㄆ ②ㄥˊ , ①ㄧ ②ㄡˇ , ①ㄇ ②ㄚˇ , ①ㄍ ②ㄡˇ , ①ㄕ ②ㄨˋ

MP3 03-04

(3) 當字用三個注音符號標音時，四聲記號就標在第二個注音符號（中間的注音符

號）及第三個注音符號（最下方的注音符號）的中間。例如： / 三つの注音符号で字を表記する場合、四声の印は二番目（真ん中）の注音符号と三番目（一番下）の注音符号の間につけます。例えば：

① ㄉ	① ㄓ	① ㄒ	① ㄐ	① ㄊ
√3	√3	√3	ˋ4	√2
② ㄨ	② ㄨ	② ㄩ	② ㄩ	② ㄨ
③	③ ㄢ	③ ㄥ	③ ㄥ	③

ㄅ、ㄆ、ㄇ、ㄈ標音就算最多只會用到三個注音符號標音，這點請留意。 / 注音符号は最高でも三つしか使いません。この点に注意して下さい。

🎏 MP3 03-05

(4) 當字為輕音（˙）時，不論字的注音符號有幾個即使有兩，三個也沒關係，輕音的四聲符號，一律標在最上或最前方注音符號的上方。 / 軽声の場合、注音符号は二、三個あってもかまいません。軽声の印は必ず最初、一番上の注音符号の上につけます。例えば：

˙ㄇㄚ ，˙ㄋㄚ ，˙ㄗ ，˙ㄋㄜ

新出単語：

①場合 / 〜時後，情形	④名詞＋でも、動詞＋ても / 就算…也…，即使…也…（JLPT4、5級重點文型）。課文例：最高でも / 就算最多…也…，二、三個あっても / 即使有兩、三個也…。
②真ん中 / 正中央	⑤〜しか〜ません / 只有…（JLPT日檢4、5級重點文型）
③間 / 〜之間	

練習：以下的注音符號旁，分別標有①、②、③、④（·）等數目字及記號，請依指示為注音符號標上四聲，並試著唸唸看。（四聲的符號全標上，再利用本表試著標看看漢語拼音。）/ 以下の注音符号の上に①、②、③、④（軽声）が書かれています。その数字に合わせて四声の印をつけてから、発声練習をしてみて下さい。（その後、この表を使ってピンインでも練習してみて下さい）。

我ㄨㄛ③	喜ㄒㄧ③	歡ㄏㄨㄢ①	中ㄓㄨㄥ①	華ㄏㄨㄚ②	文ㄨㄣ②	化ㄏㄨㄚ④	，
所ㄙㄨㄛ③	以ㄧ③	我ㄨㄛ③	學ㄒㄩㄝ②	中ㄓㄨㄥ①	文ㄨㄣ②	。	四ㄙ④
聲ㄕㄥ①	好ㄏㄠ③	難ㄋㄢ②	，	字ㄗ④	的（·）	筆ㄅㄧ③	劃ㄏㄨㄚ④
又ㄧㄡ④	多ㄉㄨㄛ①	。	可ㄎㄜ③	是ㄕ④	我ㄨㄛ③	很ㄏㄣ③	努ㄋㄨ③
力ㄌㄧ④	學ㄒㄩㄝ②	習ㄒㄧ②	中ㄓㄨㄥ①	文ㄨㄣ②	，	相ㄒㄧㄤ①	信ㄒㄧㄣ④
很ㄏㄣ③	快ㄎㄨㄞ④	就ㄐㄧㄡ④	會ㄏㄨㄟ④	學ㄒㄩㄝ②	會ㄏㄨㄟ④	。	我ㄨㄛ③
要ㄧㄠ④	吃ㄔ①	遍ㄅㄧㄢ④	中ㄓㄨㄥ①	華ㄏㄨㄚ②	美ㄇㄟ③	食ㄕ②	，
看ㄎㄢ④	遍ㄅㄧㄢ④	珍ㄓㄣ①	寶ㄅㄠ③	美ㄇㄟ③	景ㄐㄧㄥ③	，	研ㄧㄢ②
究ㄐㄧㄡ④	中ㄓㄨㄥ①	國ㄍㄨㄛ②	文ㄨㄣ②	化ㄏㄨㄚ④	古ㄍㄨ③	蹟ㄐㄧ①	，
真ㄓㄣ①	期ㄑㄧ②	待ㄉㄞ④					

🎏 MP3 03-06

※我喜歡中華文化，所以我學中文。

我喜欢中华文化，所以我学中文。

私は中華文化が好きなので、中国語を学んでいます。

　　　＊学ぶ / (N)學習

※四聲好難，字的筆劃又多。

四声好难，字的笔划又多。

四声は発声し難くて、漢字の画数も多いです。

※可是我很努力學習中文，相信很快就會學會。

可是我很努力学习中文，相信很快就会学会。

けれど、私は真面目に中国語を学んでいるので、すぐ上達すると思います。

　　＊真面目 /（N・形動ダ)努力、認真　　　＊上達 /（N・自サ）進歩、長進

※我要吃遍中華美食，看遍珍寶美景，

我要吃遍中华美食，看遍珍宝美景，

私は美味しい中華料理を一杯食べたり、珍しいものや綺麗な風景を存分に観賞したりしたいです。

　　　＊一杯 /（N・副）充分、満　　＊存分/（副・形動ダ)盡量、満足、充分

※研究中國文化古蹟，真期待。

研究中国文化古迹，真期待。

それに、中華文化や古跡について研究しようと思っています。楽しみにしています。＊楽しみ /(N) 期待

＊各時式＋思う / 我想…(想法)，V意量形う、よう＋思っている / 決定、打算

解答

我ㄨㄛˇ③	喜ㄒㄧˇ③	歡ㄏㄨㄢ①	中ㄓㄨㄥ①	華ㄏㄨㄚˊ②	文ㄨㄣˊ②	化ㄏㄨㄚˋ④
wǒ	xǐ	huān	zhōng	huá	wén	huà
所ㄙㄨㄛˇ③	以ㄧˇ③	我ㄨㄛˇ③	學ㄒㄩㄝˊ②	中ㄓㄨㄥ①	文ㄨㄣˊ②	四ㄙˋ④
suǒ	yǐ	wǒ	xué	zhōng	wén	sì
聲ㄕㄥ①	好ㄏㄠˇ③	難ㄋㄢˊ②	字ㄗˋ④	的ㄉㄜ（·）	筆ㄅㄧˇ③	劃ㄏㄨㄚˋ④
shēng	hǎo	nán	zì	de	bǐ	huà
又ㄧㄡˋ④	多ㄉㄨㄛ①	可ㄎㄜˇ③	是ㄕˋ④	我ㄨㄛˇ③	很ㄏㄣˇ③	努ㄋㄨˇ③
yòu	duō	kě	shì	wǒ	hěn	nǔ
力ㄌㄧˋ④	學ㄒㄩㄝˊ②	習ㄒㄧˊ②	中ㄓㄨㄥ①	文ㄨㄣˊ②	相ㄒㄧㄤ①	信ㄒㄧㄣˋ④
lì	xué	xí	zhōng	wén	xiāng	xìn
很ㄏㄣˇ③	快ㄎㄨㄞˋ④	就ㄐㄧㄡˋ④	會ㄏㄨㄟˋ④	學ㄒㄩㄝˊ②	會ㄏㄨㄟˋ④	我ㄨㄛˇ③
hěn	kuài	jiù	huì	xué	huì	wǒ
要ㄧㄠˋ④	吃ㄔ①	遍ㄅㄧㄢˋ④	中ㄓㄨㄥ①	華ㄏㄨㄚˊ②	美ㄇㄟˇ③	食ㄕˊ②
yào	chī	biàn	zhōng	huá	měi	shí
看ㄎㄢˋ④	遍ㄅㄧㄢˋ④	珍ㄓㄣ①	寶ㄅㄠˇ③	美ㄇㄟˇ③	景ㄐㄧㄥˇ③	研ㄧㄢˊ②
kàn	biàn	zhēn	bǎo	měi	jǐng	yán
究ㄐㄧㄡˋ④	中ㄓㄨㄥ①	國ㄍㄨㄛˊ②	文ㄨㄣˊ②	化ㄏㄨㄚˋ④	古ㄍㄨˇ③	蹟ㄐㄧ①
jiù(jiū)	zhōng	guó	wén	huà	gǔ	jī
真ㄓㄣ①	期ㄑㄧˊ②	待ㄉㄞˋ④	。			
zhēn	qí(qī)	dài				

第四課
漢語拼音的標音法及其四聲的標法
ピンインの表記方法と四声のつけ方

　　中國方面在國會中採選漢語拼音為簡體字的標音文字，因此決定漢語拼音為簡體字的標音文字。／ 中国は国会決議によりピンインを簡体字の表音文字として採択し、ピンインを簡体字の表音文字と決定しました。

　　注音符號（ㄅ、ㄆ、ㄇ、ㄈ）是繁體字的標音文字，漢語拼音對照注音符號（ㄅ、ㄆ、ㄇ、ㄈ）來標音。中國大陸政府有制定一定的標音規則，在簡體字的字典中，有明確的登載著聲母表及韻母表。簡體字字典中的文字就是按照這個規則標音。／ 注 音 符 号（ㄅ、ㄆ、ㄇ、ㄈ）は繁体字の表音文字で、ピンインは注音符号と照らし合わせて 表記されます。中国の政府は一定の規則を定め、簡体字の辞書には、声母表と韻母表が明確に記載されています。簡体字の辞書の文字は、その規則に従ってピンインが表記されます。

　　讓我們馬上切入正題，就關於漢語拼音的標音法及其四聲的標法來做說明。／ さっそく、ピンインの表記方法と四声のつけ方について説明します。

新出単語：

①照らし合わせる/ 對照、核對	③さっそく / 馬上，立刻
②ーに従って / 遵照，依照（JLPT日檢2級重點文型）	④ーについて / 關於（JLPT日檢2級重點文型）

MP3 04-02

(1) 當只有一個注音符號標音時，漢語拼音會出現兩種標音情形。 / 一つの注音符号で字を表記する場合、ピンインの四声の印のつけ方には二つのタイプがあります。

   (a) 注音符號的漢語拼音字母只有一個時，直接標在漢語拼音字母的上方。例如： / 注音符号を一つのピンインアルファベットで表記する場合、四声の印はこのピンインアルファベットの上につけます。例えば：

      ㄜˊ→é, ㄜˇ→ě

   (b) 注音符號的漢語拼音字母有兩個以上的字母時，則四聲記號標在第一個漢語拼音字母的上方。例如： / 注音符号を二つ以上のピンインアルファベットで表記する場合、四声の印は最初（一番目）のピンインアルファベットの上につけます。例えば：

      ㄞˇ→ǎi, ㄢ→ān, ㄣ→ēn
      　　　①②　　　①②　　　①②

 MP3 04-03

(2) 當字由兩個注音符號標音時，漢語拼音的四聲記號，則標在第2個注音符號的第1個漢語拼音字母上方。例如： / 二つの注音符号で字を表記する場合、ピンインの四声の印は二番目の注音符号の最初のピンインアルファベットの上につけます。例えば：

    ①ㄅ→bó, ①ㄍ→gē, ①ㄆ→pài
    ②ㄛˊ　①②　②ㄜ　①②　②ㄞˋ　①②

    ①ㄓ→zhāng, ①ㄕ→shěng
    ②ㄤ　①②　②ㄥˇ　①②

    ①ㄅ→běn, ①ㄗ→zēng, ①ㄔ→cháng
    ②ㄣˇ　①②　②ㄥ　①②　②ㄤˊ　①②

MP3 04-04

(3) 當標音的注音符號是由三個符號標音時，漢語拼音的四聲記號，則標在第3個（最後一個）注音符號的第1個漢語拼音字母上方。例如： / 三つの注音符号で字を表記する場合、ピンインの四声の印は三番目（最後）の注音符号の最初のピンインアルファベットの上につけます。例えば：

①ㄅ
②ㄧ　→ biǎo ，
③ㄠˇ　①②③

①ㄏˊ
②ㄨ　→ huà
③ㄚˋ　①②③

MP3 04-05

(4) 漢語拼音的特殊標音（標音時需注意事項）

ピンインの特殊な表記方法（表記時の注意点）

① 注音符號的 "ㄧ" 有 "yi"、"y"、"i" 三種漢語拼音形態，以下就其各自的漢語拼音標音方式來做說明。/ 注音符号の「ㄧ」は、「yi」、「y」、「i」の三種類のピンインで表記されます。次にそれぞれの使い方を説明します。

(a) 當字只有單一 "ㄧ" 來標音時，"ㄧ" 的漢語拼音字母為 "yi"。例如： / 「ㄧ」を単独で表記する場合、「ㄧ」のピンインアルファベットは「yi」です。例えば：醫生yī shēng / 医者的醫 ㄧ → yī，以後（后） yǐ hòu / 以後的以ㄧˇ → yǐ

(b) 當 "ㄧ" 為字的第一個注音符號，後面還接著其他母音時，此時的 "ㄧ" 漢語拼音為 "y"。例如：/「ㄧ」を注音符号の最初の表音文字とし、その後ろに他の母音をつける場合、「ㄧ」のピンインアルファベットは「y」になります。例えば：

①ㄧ
②ㄢˊ　→ yán ，
①②

①ㄧ
②ㄚˊ　→ yá ，
①②

①ㄧ
②ㄠˋ　→ yào
①②

(c) 三個注音符號拼音時，"ㄧ" 為正中第二個注音符號時，"ㄧ" 的漢語拼音字母為 "i"。例如： / 三つの注音符号で表記する場合、「ㄧ」が真ん中

（二番目）の注音符号なら、「ー」のピンインアルファベットは「i」になります。例えば：

①ㄅ
②ー → biǎo ，①ㄆ
③ㄠ ②ー → piào
　①②③　　③ㄠ ①②③

MP3 04-06

② 注音符號"ㄨ"也是一樣，有"wu"、"w"、"u"三種漢語拼音形態，以下就其各自的漢語拼音標音方式來做說明。／ 注音符号の「ㄨ」は、「wu」、「w」、「u」の三種類のピンインで表記されます。次にそれぞれの使い方を説明します。

(a) 當字只有單一"ㄨ"來標音時，"ㄨ"的漢語拼音為"wu"。例如：／「ㄨ」を単独で表記する場合、「ㄨ」のピンインアルファベットは「wu」です。例えば：ㄨˊ → wú

(b) 當"ㄨ"為字的第一個注音符號，後面還接著其他母音時，此時的"ㄨ"漢語拼音為"w"。例如：／「ㄨ」を注音符号の最初の文字とし、その後ろに他の母音をつける場合、「ㄨ」のピンインアルファベットは「w」になります。例えば：

①ㄨ → wén ，①ㄨ → wǎn
②ㄣ ① ②　　②ㄢ ① ②

(c) 三個注音符號標音時，"ㄨ"為正中第二個注音符號的話，"ㄨ"的漢語拼音為"u"。例如：／ 三つの注音符号で表記する際、「ㄨ」が真ん中（二番目）の注音符號なら、「ㄨ」のピンインアルファベットは「u」になります。例えば：

①ㄕ
②ㄨ → shuāng ，①ㄙ
③ㄤ ① ② ③ ②ㄨ → suàn
　　　　　　　③ㄢ ①②③

🎏 MP3 04-07

③當a. "ㄓ^{zhi}" "ㄔ^{chi}" "ㄕ^{shi}" "ㄖ^{ri}" "ㄗ^{zi}" "ㄘ^{ci}" "ㄙ^{si}" 為單獨標音之注音符號時，或

b. "ㄧ　yi" 為兩個注音符號組合發音其第二個注音符號時，這些注音符號的羅馬字

母標音中的 "i" ，全部去除上頭的 "・" ，在 "・" 位置標上四聲記號。例如：/

a.「ㄓ^{zhi}、ㄔ^{chi}、ㄕ^{shi}、ㄖ^{ri}、ㄗ^{zi}、ㄘ^{ci}、ㄙ^{si}」を単独で表記する場合、またはb.「ㄧ yi」

が二つの注音符号の二番目の符号の場合、ピンインアルファベットの

「i」の上の部分、「・」を取って四声の印を付けます。例えば：

ㄕˇ → shǐ , ㄔˇ → chǐ , ㄅˇ → bǐ

ㄗˋ → zì , ㄖˋ → rì , ㄆˇ → pǐ

🎏 MP3 04-08

④當 "ㄓ^{zhi}" "ㄔ^{chi}" "ㄕ^{shi}" "ㄖ^{ri}" "ㄗ^{zi}" "ㄘ^{ci}" "ㄙ^{si}" 為注音符號標音的第一個注音符

號，後面還接著一個或兩個母音時，這些注音符號的漢語標音中的 (i)都不標，這點

請注意。例如：/ 「ㄓ^{zhi}、ㄔ^{chi}、ㄕ^{shi}、ㄖ^{ri}、ㄗ^{zi}、ㄘ^{ci}、ㄙ^{si}」を最初の注音符号とし、そ

の後ろに一つまたは二つの母音をつける場合、ピンインアルファベット

では「i」の部分は表記しません。この点に注意して下さい。例えば：

①ㄓ
②ㄨ → zh u āng , ①ㄔ
③ㄤ　 ①② ③ ②ㄨ → ch u ān
　　　　　　　　　　　 ③ㄢ　 ①② ③

①ㄕ
②ㄨ → sh u ā , ①ㄖ
③ㄚ　 ①② ③ ②ㄢˊ → r án
　　　　　　　　 ①②

🎏 MP3 04-09

⑤當 "ㄦ(er)" 為句子最後一個字的注音符號，而且這個 "ㄦ" 只是做為輔助、裝飾

用時，這裡的 "ㄦ" 其漢語拼音以 "r" 為其標音字母。例如：/「ㄦ(er)」は最後

の文字に使います。この「儿(er)」はただ補助的な役割を果たし、修飾する場合、「儿」のピンインアルファベットは「r」になります。例えば

一會兒一ㄟˋ ㄏㄨㄟˇ儿 → 一会儿　　<u>yī</u>　<u>huǐ</u>（huì）　<u>r</u> / まもなく

男孩兒ㄋㄢˊ ㄏㄞˊ儿 → 男孩儿　　<u>nán</u>　<u>hái</u>　　　　<u>r</u> / 男

📻 MP3 04-10

⑥ 另外其他特殊漢語拼音如下：紅字部份即是四聲標音部份。 / その他の特殊なピンイン：赤字部分の上に四声をつけます。

a. ㄧㄣ y̶en →y<u>in</u>、〜<u>in</u> 的 i 去除上頭的 " • " 在其位置直接標上四聲記號。 / ㄧㄣ y̶en→y<u>in</u>、〜<u>in</u>、「i」の上部分の「・」を取って四声の印を付けます。

b. ㄨㄟ →u̶ ei →w<u>ei</u>、〜<u>ui</u>。〜ui的漢語拼音字母i去除上頭的 " • " 在其位置直接標上四聲記號。 / ㄨㄟ→u̶ ei→w<u>ei</u>、〜<u>ui</u>で表記します。〜uiのピンインアルファベットの「i」の上部分の「・」を取って四声の印を付けます。

c. ㄨㄥ u̶ eng→w<u>eng</u>、〜<u>ong</u>。

d. ㄩㄣ yu̶ en、u̶ en→y<u>un</u>、〜<u>un</u>。

e. ㄩㄥ yu̶ eng、u̶ eng→y<u>ong</u>、〜<u>iong</u>。

f. ㄧㄥ y̶ eng、i̶ eng→y<u>ing</u>、〜<u>ing</u>→〜<u>ing</u>的 i 去除上頭的 " • " ，在其位置直接標上四聲記號。 / 〜ㄧㄥy̶ eng・i̶ eng → y<u>ing</u>、〜<u>ing</u>→〜<u>ing</u>の「i」の上部分の「・」を取って四声の印を付けます。

g. ㄧㄡ y̶ ou、〜i̶ou → y<u>ou</u>、〜<u>iu</u>。

h. ①ㄝ單獨標音時漢語拼音為ê，②子音＋母音＋ㄝ，或母音＋ㄝ，ㄝ的漢語拼音為e。 / ①「ㄝ」を単独で表記する場合、「ㄝ」のピンインアルファベットは「ê」になります。②「子音＋母音＋ㄝ」、または「母音＋ㄝ」の場合、「ㄝ」のピンインアルファベットは「e」になります。

i. ㄌ＋ㄩ、ㄋ＋ㄩ時，ㄩ的漢語拼音為ü（yu）。例如：ㄌㄩ→lü、ㄋㄩ→ nü。/「ㄌ＋ㄩ」、「ㄋ＋ㄩ」の時、「ㄩ」のピンインアルファベットは「ü（yu）」になります。例えば：「ㄌㄩ→ lü、ㄋㄩ→nü」になります。

如果"ㄩ（ü yu）"上方少了兩點，則為別的發音發"ㄨ（u）"音，例如ㄌㄨ→lu，ㄋㄨ→nu。和＋ü（yu）時的發音不同。/「ㄩ（ü yu）」の上の二つの点を取ると、「ㄨ（u）」の発音になります。例えば、ㄌㄨ→lu、ㄋㄨ→nuになり、「ü（yu）」の発音と異なります。

ㄐ（j）、ㄑ（q）、ㄒ（x）＋ㄩ時ㄩ的漢語拼音也為u，只有前面加ㄌ、ㄋ時不同要注意。/「ㄐ（j）」、「ㄑ（q）」、「ㄒ（x）」に「ㄩ」をつけると、「ㄩ」のピンインアルファベットは「u」になります。「ㄌ＋ㄩ（lü）」および「ㄋ＋ㄩ（nü）」のピンイン表記とは異なるので注意してください。

🎏 MP3 04-11
請試著用漢語拼音唸唸以下各字。/以下の単語をピンインで読んでみてください。

繁（简）體字　汉语拼音	繁（简）體字　汉语拼音	繁（简）體字　汉语拼音
(1) 交通、交通工具　こうつう　こうつう きかん　交通、交通機関	1. 公車站（公车站）　gōng chē zhàn　てい　バス停	2. 機場（机场）　jī chǎng　くうこう　空港
3. 碼頭（码头）　mǎ tóu　ふとう　埠頭	4. 車子（车子）　chē zi　くるま　車	5. 輪船（轮船）　lún chuán　ふね　船
6. 飛機（飞机）　fēi jī　ひこうき　飛行機	7. 腳踏車（脚踏车）　jiǎo tà chē　じてんしゃ　自転車	8. 計程車（出租车）　jì chéng chē（chū zū chē）　タクシー

(2) 日常用品、衣物、化妝品 にちじょうひん　いふく　けしょうひん 日常品、衣服、化粧品	1. 牙刷 yá shuā は 歯ブラシ	2. 牙膏 yá gāo は みが こ 歯磨き粉
3. 毛巾 máo jīn タオル	4. 香皂、沐浴乳 xiāng zào、mù yù rǔ せっけん 石鹸、ボディソープ	5. 洗髮精（洗发精） xǐ fǎ(fà) jīng シャンプー
6. 鏡子（镜子） jìng zi かがみ 鏡	7. 梳子 shū zi くし 櫛	8. 化妝水 huà zhuāng shuǐ け しょうすい 化粧水
9. 精華液 jīng huá yè び ようえき 美容液、エッセンス	10. 乳液 rǔ yè にゅうえき 乳液	11. 日霜 rì shāng デイクリーム
12. 夜霜 yè shāng ナイトクリーム	13. 飾底乳 shì dǐ rǔ ファンデーション	14. 粉餅（粉饼） fěn bǐng おしろい
15. 眉筆、眼線筆 meí bǐ、yǎn xiàn bǐ アイブロウ、アイライナー	16. 眼影 yǎn yǐng アイシャドー	17. 腮紅（腮红） sāi hóng チーク
18. 口紅（口红） kǒu hóng くちべに 口紅	19. （穿）內衣褲（内衣裤） (chuān) nèi yī kù したぎ 下着(を着る)	20. （穿）上衣 (chuān) shàng yī シャツ、ブラウス(を着 き る)
21. （穿）外套 (chuān) wài tào き コート(を着る)	22. （穿）裙子 (chuān) qún zi は スカート(を穿く)	23. （穿）褲子（裤子） (chuān) kù zi は ズボン(を穿く)
24. （穿）襪子（袜子） (chuān) wà zi くつした は 靴下(を履く)	25. （穿）鞋子 (chuān) xié zi くつ は 靴(を履く)	26. （戴）帽子 (dài) mào zi ぼうし かぶ 帽子(を被る)

27.（圍 / 围）圍巾（围巾） （wéi）wéi jīn マフラー（を巻く）	28.（戴）手錶（手表） （dài）shǒu biǎo 腕時計（を締める）	29.（背）書包（书包） （bēi）shū bāo ランドセル（を背負う）
(3) 食物、飲品、餐具 食べ物、飲み物、食器	1. 烏龍茶（乌龙茶） wū lóng chá ウーロン茶	2. 咖啡 kā fēi コーヒー
3. 果汁 guǒ zhī ジュース	4. 牛奶 niú nǎi 牛乳、ミルク	5. 開水（开水） kāi shuǐ お湯
6. 豆漿（豆浆）、鹹豆漿（咸豆浆） dòu jiāng、xián dòu jiāng 豆乳、豆乳スープ	7. 點心（点心） diǎn xīn おやつ、デザート、点心	8. 車輪餅（车轮饼） chē lún bǐng 今川焼き
9. 餅乾（饼干） bǐng gān ビスケット、クッキー	10. 麵包（面包） miàn bāo パン	11. 冰淇淋（冰激凌） bīng qí lín（bīng qī ling） アイスクリーム
12. 蛋糕 dàn gāo ケーキ	13. 香腸（香肠） xiāng cháng ソーセージ	14. 炒飯（饭） chǎo fàn チャーハン
15. 炒麵（炒面） chǎo miàn 焼きそば	16. 速食麵（方便面） sù shí miàn（fāng biàn miàn） インスタントラーメン	17. 饅頭（馒头） mán tóu 蒸しパン
18. 肉包 ròu bāo 肉まん	19. 水果 shuǐ guǒ 果物、フルーツ	20. 蔬菜 shū cài 野菜
21. 菜、湯（汤） cài、tāng おかず、スープ	22. 醬油（酱油） jiàng yóu 醤油	23. 糖、醋 táng、cù 砂糖、酢

24. 辣椒、辣油	25. 香油	26. 沙拉油（色拉油）
là jiāo、là yóu	xiāng yóu	shā lā yóu（sè lā yóu）
唐辛子、ラー油	ごま油	サラダ油
27. 筷子	28. 刀子、叉子	29. 湯匙
kuài zi	dāo zi、chā zi	tāng chí
箸	ナイフ、フォーク	スプーン
30. 牙籤（牙签）	(4) 職業、身份	1. 社長（社长）、經理
yá qiān	職業、身分	shè zhǎng、jīng lǐ
爪楊枝		社長
2. 員工	3. 警察（公安）	4. 老師（老师）
yuán gōng	jǐng chá（gōng ān）	lǎo shī
社員	お巡りさん、警察	先生
5. 幹部（干部）	6. 翻譯（翻译）	7. 名片
gàn bù	fān yì	míng piàn
役員	通訳、翻訳	名刺

MP3 05-01

第五課
您好嗎？
お元気ですか。

㈠ 生字shēng zì／新出単語

繁體字fán tǐ zì	简体字jiǎn tǐ zì 汉语拼音hàn yǔ pīn yīn	日本語
1. 我的	我的 wǒ de	私の
2. 你的	你的 nǐ de	あなたの
3. 您的	您的 nín de	あなた様の（丁寧な言い方）
4. 他的，她的	他的tā de 她的 tā de	彼の、彼女の
5. 爺爺	爷爷 yé ye	祖父、おじいさん（父のお父さん）
6. 奶奶	奶奶 nǎi nai	祖母、おばあさん（父のお母さん）
7. 爸爸	爸爸 bà ba	父、お父さん
8. 媽媽	妈妈 mā ma	母、お母さん
9. 哥哥	哥哥 gē ge	兄、お兄さん
10. 姊姊	姐姐 jiě jie	姉、お姉さん
11. 弟弟	弟弟 dì di	弟、弟さん
12. 妹妹	妹妹 mèi mei	妹、妹さん
13.外公	外公 wài gōng	おじいさん（母のお父さん）
14. 外婆	外婆 wài pó	おばあさん（母のお母さん）
15. 阿姨	阿姨 ā yí	おばさん（母の姉妹）

16. 姑姑	姑姑 gū gu	おばさん（父の姉妹）
17. 伯伯	伯伯 bó bo	おじさん（父の兄、両親より年上の男性）
18. 叔叔	叔叔 shú（shū）shu	おじさん（父の弟、両親より年下の男性）
19. 舅舅	舅舅 jiù jiu	おじさん（母の兄弟）
20. 舅媽	舅妈 jiù mā	おばさん（母の兄弟の奥さん）
21. 姊夫	姐夫 jiě fū	姉の夫（義理のお兄さん）
22. 妹夫	妹夫 mèi fū	妹の夫（義理の弟）
23. 嫂嫂	嫂嫂 sǎo sao	兄の奥さん（義理のお姉さん）
24. 弟妹	弟妹 dì mèi	弟の奥さん（義理の妹）
25. 堂兄弟	堂兄弟 táng xiōng dì	いとこ（父の兄弟の子供）
26. 表兄弟	表兄弟 biǎo xiōng dì	いとこ（母の兄弟の子供）
27. 兒子，小犬，（令公子）	儿子，小犬，（令公子）ér zi，xiǎo quǎn，lìng gōng zǐ	息子、（息子さん）
28. 女兒，（令嬡）	女儿，（令爱）nǚ ér，lìng ài	娘、（お嬢さん）
29. 侄兒，侄女	侄儿，侄女 zhí ér，zhí nǚ	甥、姪
30. 公公	公公 gōng gong	しゅうと（夫のお父さん）
31. 婆婆	婆婆 pó po	しゅうとめ（夫のお母さん）
32. 丈人	丈人 zhàng rén	しゅうと（妻のお父さん）

33. 丈母娘	丈母娘 zhàng mǔ niáng	しゅうとめ（妻のお母さん）
34. 方便打擾嗎？	方便打扰吗? fāng biàn dǎ rǎo ma ?	ちょっと宜しいでしょうか。
35. 男性，男生	男性nán xìng 男生nán shēng	男性
36. 女性，女生	女性nǔ xìng 女生nǔ shēng	女性
37. 大家，各位	大家dà jiā 各位 gè wèi	皆さん

MP3 05-02

(二)文型wén xíng／文型

繁體字 fán tǐ zì 简体字 / 漢語拼音 jiǎn tǐ zì / hàn yǔ pīn yīn	日本語
1. 您（你）好　嗎? 您（你）好　吗? nín （nǐ） hǎo ma	お元気　ですか。
2. 托您的福，我很好。謝謝！ 托您的福，我很好。谢谢! tuō nín de fú　wǒ hěn hǎo　xiè xie	おかげさまで　元気です。ありがとう！
3. 您爺爺 他好　嗎？ 您爷爷 他好　吗? nín yé ye　tā hǎo ma	お祖父さん　は　お元気　です。
4. 老樣子，他很好。謝謝！ 老样子，他很好。谢谢! lǎo yàng zi　tā hěn hǎo　xiè xie !	相変わらず 元気です。ありがとう！ ＊相変わらず / 老樣子・照舊

5. 不客氣。 不客气。 bù kè qì	どういたしまして。
6. 爸爸，媽媽，晚安。 爸爸，妈妈，晚安。 bà ba mā ma wǎn ān	お父さん、お母さん、お休みなさい。
7. 大家　晚安。 大家　晚安。 dà jiā wǎn ān	皆さん、こんばんは。 皆さん、お休みなさい。
8. 阿姨　早。 阿姨　早。 ā yí　zǎo	おばさん、おはよう ございます。
9. 哥哥，姊姊，午安。 哥哥，姐姐，午安。 gē ge jiě jie wǔ ān	お兄さん、お姉さん、こんにちは。
10. 她　是　我的　女兒。 她　是　我的　女儿。 tā shì wǒ de nǚ ér	彼女　は　私の　娘　です。
11. 你搞錯了，他　不是　我的　兒子。 你搞错了，他　不是　我的　儿子。 nǐ gǎo cuò le　tā bù shì　wǒ de ér zi	違います、あの人は 私の 息子 ではありません。
12. 這　是　他的丈人　和　丈母娘。 这　是　他的丈人　和　丈母娘。 zhè shì tā de zhàng rén hé zhàng mǔ niáng	こちら　は　彼の舅と 姑　です。
13. 這　是　她的公公和　婆婆。 这　是　她的公公和　婆婆。 zhè shì tā de gōng gong hé pó po	こちら　は　彼女の舅と 姑　です。

14.<u>她</u>　是　<u>我</u>的<u>姑姑</u>。	<u>彼女</u>　は　<u>私</u>の<u>おばさん</u>　です。
<u>她</u>　是　<u>我</u>的<u>姑姑</u>。 tā　shì　wǒ de gū gu	
15.<u>她</u>　是　<u>我</u>的　<u>大姑</u>。 　<u>她</u>　是　<u>我</u>的　<u>小姑</u>。 　<u>她</u>　是　<u>我</u>的　<u>大姑子</u>。 tā shì wǒ de dà gū zi 　<u>她</u>　是　<u>我</u>的　<u>小姑子</u>。 tā shì wǒ de xiǎo gū zi	<u>彼女</u>　は　<u>義理</u>の<u>お姉さん</u>　です。 <u>彼女</u>　は　<u>義理</u>の　<u>妹</u>　です。 ＊父の姉妹 / 姑姑 ＊義理 / 非直系親屬關係，如姻親等

※家族関係の中国語は日本語より複雑なので、会話をする時は、これらの細かい点に注意して下さい / 中文的家族關係稱謂比日文複雜，所以在對話的時候請注意這些小地方。

※本書原則上"は"、"も"等助詞是不加底線，但疑問的終助詞"か"，為方便讀者閱讀分辨，表疑問的終助詞"か"會標底線。

新出単語：

細かい / （形）細微的

（三）**文法解釋**wén fǎ jiě shì / 文法解 釈

(1) 您和你的用法 / あなた様（您nín）とあなた（你nǐ）の使い方

　※「あなた様」は中国語で「您nín」と言う意味です。→目上の方への尊称です。（尊敬の形）/「あなた様」以中國話說就是"您"的意思→是對長輩，上級的尊稱（尊敬的型態）。

　※「あなた」は中国語で「你nǐ」と言う意味です。→同僚、友達、或いは目下の人に使

います。「你nǐ」は日常会話の中で使っても失礼ではありません。 / 「あなた」以
中國話來說就是"你"的意思→說話的對象是同事，朋友或下屬時使用，"你"在日常生
活會話中使用並不會失禮。

新出単語：

①目上 / 長輩，上級	②目下 / 下屬	③同僚 / 同事

(2) 他 tā 和她tā 的用法 / 彼と彼女の使い方

※ 他 tā →中国語では人辺の「他 tā」は「彼、彼女」という意味です。男性、女性どち
らにも使えます。 / 中文人字旁的他包括男性的他及女性的她，男性，女性都可使用。
※ 她tā →女辺の「她tā」は女性にのみ使えます。つまり、彼女という意味です。 / 女
字邊則限定只有女性才能使用。總之，就是"她"的意思。

新出単語：

①のみ / （副）只……	②使う（五段）使用→使え（自下一，可能動詞）能使用
②つまり / （N・副）總之、終究、到底	

MP3 05-03

(3) 疑問形態："～嗎 ma？"、"～呢ne？" "～か？" / 疑問形の表現

「～嗎（吗ma）？」「～呢 ne？」は、中国語では疑問形に使います。イコール→日本語の
①主語＋述語（名詞、形容詞、形容動詞）＋です「か」、或いは②主語＋動詞２連用
形ます「か」の「か」と同じです。 / "～嗎（吗）？"或一"呢？"中國話疑問句型時使

用等於→日本話中的①“主語＋述語（名詞、形容詞、形容動詞）＋です“か”、②“主語＋動詞2連用形ます“か”。

文型の比較 / 文型的比較：

日：（主語）は（述語）ですか。（ますか。）

＝中：（主語）是（述語）嗎？（----嗎？）

例えば / 例句：

＊お元気	ですか。	＊美味しい	ですか。
你好	嗎？	好吃	嗎？
你好	吗？	好吃	吗？
nǐ hǎo	ma	hǎo chī	ma
＊忙しい	ですか。	＊何にし	ますか。
忙	嗎？	點　什麼	呢？
忙	吗？	点　什么	呢？
máng	ma	diǎn shén me	ne

※ 上の例文から見ると、日本語の「か」は、「〜嗎（吗ma）？」或いは「〜呢 ne？」に当たることが明らかにわかります。 / 從上述例句來看可以明確的知道，日語接尾的“か”就相當於“〜嗎（吗ma）？”或“〜呢 ne？”。

疑問形では、日本語の「か」と中国語の「〜嗎（吗ma）？」、「〜呢ne？」は、全部文の最後につけます。この点は、中国語も日本語も同じです。 / 就疑問型而言，日文的“か”及中文的“〜嗎（吗 ma）？”、“〜呢 ne？”，全都是放在句子最後，這點中、日文都一樣。

新出単語（しんしゅつたんご）：

①或（あ）いは / 或者	④当（あ）たる / 相當於……
②イコール / 等於	⑤明（あき）らか / 明確，顯然
③〜から見（み）ると / 從……來看，根據…（JLPT日檢2級重點文型）	

MP3 05-04

(4) 是shìです、不是bù shìではありません的句中用法 / 「是shìです」、「不是bù shìではありません」の使（つか）い方（かた）

※ 日本語（にほんご）の断定助動詞（だんていじょどうし）

　　です＝　中国語（ちゅうごくご）の然否副詞（ぜんひふくし）"是 shì"

　　ではありません＝　中国語（ちゅうごくご）の然否副詞（ぜんひふくし）"不是 bù shì"

※ 日本語（にほんご）の場合（ばあい）/ 日語表現時

　　「です / 是 shì」および「ではあません / 不是bù shì」は言葉（ことば）の一番後（いちばんうしろ）につけます。/ "です / 是 shì"及"ではあません / 不是bù shì"是記在句子的最後的位置。

　　日本語（にほんご）の語順（ごじゅん）→主語（しゅご）＋助詞（じょし）＋述語（じゅつご）＋"です"

　　　　　　　　　　　　（は、が）　　　　"ではありません"

　　　　　　　　　　　　　　　　　　　　"ですが"

※ 中国語（ちゅうごくご）の場合（ばあい）/ 中文表現時

　　「是shì / です」及び「不是bù shì / ではあません」は主語（しゅご）と述語（じゅつご）の間（あいだ）に置（お）きます。/ "是shì / です"或"不是bù shì / ではありません"是放在句子主，述語的中間位置。

中国語の語順は→主語＋是 shì 　　＋述語

不是 bù shì

（肯定形 Yes）彼は　私の息子　です。

　　　　　　他　　　是　　　我的兒子。

　　　　　　他　　　是　　　我的儿子。

　　　　　　tā　　 shì　　　wǒ de ér zi

（否定形 No）彼は　私の息子　ではありません。

　　　　　　他　　　不是　　我的兒子。

　　　　　　他　　　不是　　我的儿子。

　　　　　　tā　　 bù shì　　wǒ de ér zi

次の表で、中国語と日本語の表現の違いを確認してください。中国語と日本語は語順が違います。 / 請以下表確認以中、日文表達時的不同表現。以中、日文表達時其語順是不同的。

表㈠日本語の表現→日本語の語順 / 日本語的表現 → 日文的語順

主語	助詞	述語	断定助動詞
（人）＊彼女		私の娘	
（物）＊これ 　　　＊これ	は	私の物 私の	"です"（是）
（場所）＊ここ	が	学校	
（国）＊ここ		中国	"ではありません"（不是）
（何人）＊彼		日本人	

表㈡は中国語の表現 / 中國語的表現 → 中文的語順

表㈠を中国語に訳して、中国語と日本語を比較。 / 把表㈠翻譯成中文，來比較中、日文型表現的不同。

主語 漢語拼音 hàn yǔ pīn yīn	然否副詞	述語 漢語拼音 hàn yǔ pīn yīn
（人）＊她 tā	是 shì "です" 不是　bù shì "ではありません"	我的女兒（儿） wǒ de nǚ r
（物）＊這（個） 这（个） zhè（ge）		我的東（东）西 wǒ de dōng xī 我的 wǒ de
（地）＊這裡（兒） 这里（儿） zhè lǐ（r）		學（学）校 xué xiào
（國）＊這裡（兒） 这里（儿） zhè lǐ（r）		中國（国）　zhōng guó
（哪國人）＊他（他） tā		日本人 rì běn rén

新出單語：

①及び / 以及，和，與	⑤違い / 不同
②一番 / 最……	⑥訳 / 翻譯
③つける / 寫下，記下	⑦比較 / 比較
④間 / 中間	

MP3 05-05

(5) 表所有及親屬關係 "的 de" 字用法 / 「～の～」の使い方

「～の～」の使い方→～的～使用法

(一)人間関係 / 人際關係

例1：　私 の 弟	例2：　私 の おばさん
我 的 弟弟	我 的 阿姨
wǒ de dì di	wǒ de ā yí

(二)XX所有のもの / 所屬物語順：持ち主 の 物
所有人 的 所持有物

例1：　私 の 物	例2：　弟 の 本
我 的 東西（东西）	弟弟 的 書（书）
wǒ de dōng xī	dì di de shū

MP3 05-06

句型練習 文法(1)到(5)的總合練習

排排看（日本の方は例文を読んでみて下さい）

例：（③①④②）これ ①弟 ②本 ③は ④の です。

これ　は　弟　の　本　です。
0　③　①　④　②　　5

這本　是　弟弟　的　書。
0　5　①　④　②

这本　是　弟弟　的　书。
zhè běn shì dì di de shū

1. （　　）あの ①そふ ②わたし ③かたは ④の ではありません。
　　那位不是我的爺爺。

2. （　　）あなた ①おうちは ②どこ ③の ④です か？
　　你的家是在哪裡？

3. （　　）そこ　①人々は　②みんな　③親切　④に住んでいる　です。

　　　　住在那兒的人們都很親切。

4. （　　）すみません、　①の　　②です　③おとうさん　　④王さん　か。

　　　　對不起，您是王先生的父親嗎？

5. （　　）彼女　①の　②わたし　③いもうと　④は　です。

　　　　她是我的妹妹。

解答

1. （③②④①）あの　①そふ　②わたし　③かたは　④の　ではありません。

あの	かたは	わたし	の	そふ	ではありません。
0	③	②	④	①	5
那	位	不是	我	的	爺爺。
0	③	5	②	④	①
那	位	不是	我	的	爺爺。
nà	wèi	bù shì	wǒ	de	yé ye

＊あのかた / 那位

2. （③①②④）あなた　①おうちは　②どこ　③の　④です　か。

あなた	の	おうちは	どこ	です	か。
0	③	①	②	④	5
你	的	家	是	在哪裡？	
0	③	①	④	②	
你	的	家	是	在哪里？	
nǐ	de	jiā	shì	zài nǎ lǐ	

＊うち / 家　　＊どこ / 哪裡

3.（④①②③）そこ　①人々は　　②みんな　　③親切　④に住んでいる　です。

そこ	に	住んでいる	人々は	みんな	親切	です。	
0		④	①	②	③	5	

住在	那兒	的人們	都	很親切。
④	0	①	②	③

住 在	那儿	的人们	都	很亲切。
zhù zài	nà r	de rén men	dōu	hěn qīn qiè

＊住む / 住，住んでいる / 住在……

4.（④①③②）すみません、　①の　②です　③おとうさん　④王さん　か。

すみません、	王さん	の	おとうさん	です	か。
0	④	①	③	②	5

對不起，	（您）是	王先生	的	父親	嗎？
0	②	④	①	③	5

對不起，	（您）是	王先生	的	父亲	吗？
duì bù qǐ	nín shì	wáng xiān sheng	de	fù qīn	ma

5.（④②①③）彼女　①の　②わたし　③いもうと　④は　です。

彼女	は	わたし	の	いもうと	です。	
0	④	②	①	③	5	

她	是	我	的	妹妹。
0	5	②	①	③
tā	shì	wǒ	de	mèi mei

MP3 05-07

(6) 問候語 / 挨拶の言葉（日檢4、5級重點題型）

例：早安。	おはようございます。
早安。 zǎo ān	

1. 午安。 午安。wǔ ān	こんにちは。
2. 晚安。 晚安。wǎn ān （中国語では、夜人と会った時、或いは夜寝る前の挨拶の言葉は一緒です。）	こんばんは。（晚上見面時的招呼語） おやすみなさい。（睡前的招呼語，意即「請您安歇」）
3. A: 你好 嗎？ 　 B: 託您的福，我很好。 　 A: 你好 吗？ 　　 nǐ hǎo ma 　 B: 托您的福，我很好。 　　 tuō nín de fú wǒ hěn hǎo	A: お元気 ですか。 B: おかげさまで 元気です。
4. 對不起。 对不起。 duì bù qǐ	すみません。 ごめんなさい。
5. 抱歉，請問 一下？ 抱歉，请问 一下？ bào qiàn qǐng wèn yī xià	すみません。ちょっと 伺います。
6. 有人在嗎？ 有人在吗？ yǒu rén zài ma	ごめんください。
7. A: 歡迎光臨，請 進。 　 B: 打擾了。 　 A: 欢迎光临，请 进。 　　 huān yíng guāng lín qǐng jìn 　 B: 打扰了。 　　 dǎ rǎo le	A: いらっしゃっいませ。どうぞ、あがって ください。 B: おじゃまします。 （日文中剛進屋為おじゃまします，回家時才會說おじゃましました。）

8. A: 請（進）。 　B: 打擾了。 　A: 请（进）。 　　 qǐng（jìn） 　B: 打扰了。 　　 dǎ rǎo le	A: どうぞ。 B: 失礼_{しつれい}します。 　（進辦公室，會議室時，當室內人說どう 　　ぞ，自己要回答失礼_{しつれい}します再進入，才不 　　會失禮）
9. A: 謝謝！ 　B: 不客氣。 　A: 谢谢！　 xiè xie 　B: 不客气。　 bù kè qì	 ありがとう　ございます。 どういたしまして。
10. 讓您久等　了。 　让您久等　了。 　 ràng nín jiǔ děng le	お待_またせ　いたしました。 ＊致_{いた}す / する做得謙讓語
11. 請　用。 　请　用。 　 qǐng yòng	 どうぞ　召_めし上_あがって　ください。
12. 開動。 　开动。 　 kāi dòng	いただきます。
13.（我）吃飽　了。 　（我）吃饱　了。 　（wǒ）chī bǎo le	ごちそうさまでした。
14. A: 我出門了。 　B: 請慢走。 　A: 我出门了。 　　 wǒ chū mén le 　B: 请慢走。 　　 qǐng màn zǒu	A: いって　まいります。 　　 いって　きます。（用於家人） B: いってらっしゃい。

15. <u>再見</u>。 　　<u>再见</u>。 　　<u>zài jiàn</u>	<u>さようなら</u>。
16. A: <u>敝姓　林</u>，<u>請　多多指教</u>。 　　B: <u>彼此，彼此，請　您也 多指教</u>。 　　A: <u>敝姓　林</u>，<u>请　多多指教</u>。 　　　　<u>bì xìng lín　qǐng duō duō zhǐ jiào</u> 　　B: <u>彼此，彼此，请　您也 多指教</u>。 　　　　<u>bǐ cǐ bǐ cǐ　qǐng nín yě duō zhǐ jiào</u>	A: <u>私は林　と　申します</u>。どうぞ　よろ しく　おねがいします。 B: こちらこそ、どうぞ　よろしく　おね がいします。 ＊申す／叫做〜、説、講、告訴
17. <u>請保重</u>。 　　<u>请保重</u>。 　　<u>qǐng bǎo zhòng</u>	<u>おだいじに</u>。
18. <u>可以 給我 〜 嗎</u>？ 　　<u>可以 给我 〜 吗</u>? 　　<u>kě yǐ gěi wǒ〜 ma</u>	<u>〜をください</u>。 <u>〜をお願いします</u>。 <u>〜をいただけませんか</u>。

MP3 06-01

第六課

我是中國人。

私(わたし)は中国人(ちゅうごくじん)です。

(一)生字shēng zì / 新出単語(しんしゅつたんご)

繁體字fán tǐ zì	简体字jiǎn tǐ zì 汉语拼音hàn yǔ pīn yīn	日本語(にほんご)
1. 國家	国家 guó jiā	国(くに)
2. 位於，位在	位于，位在 wèi yú　wèi zà	ーにあります
3. 臺灣	台湾tái wān	台湾(たいわん)
4. 中國	中国 zhōng guó	中国(ちゅうごく)
5. 美國	美国 měi guó	アメリカ
6. 英國	英国 yīng guó	イギリス
7. 法國	法国 fǎ guó	フランス
8. 德國	德国 dé guó	ドイツ
9. 俄國	俄国 é guó	ロシア
10. 印尼	印尼 yìn ní	インドネシア
11. 印度	印度 yìn dù	インド
12. 韓國	韩国 hán guó	韓国(かんこく)
13. 菲律賓	菲律宾 fēi lǜ bīn	フィリピン
14. 馬來西亞	马来西亚mǎ lái xī yà	マレーシア

15. 說～國話	说一国话 shuō～guó huà	～語を話す
16. ～國人	一国人 ～guó rén	～人
17. 亞洲	亚洲yà zhōu	アジア
18. 美洲	美洲 měi zhōu	アメリカ
19. 歐洲	欧洲 ōu zhōu	ヨーロッパ
20. 澳洲	澳洲 ào zhōu	オーストラリア
21. 非洲	非洲 fēi zhōu	アフリカ
22. 全球	全球 quán qiú	全世界、全地球
23.（全）世界	（全）世界 （quán）shì jiè	全世界、全quán→全部、全て
24. 共有	共有 gòng yǒu	全部で
25. 一，二	一，二 yī，èr	いち、に
26. 三，四	三，四 sān，sì	さん、よん（し）
27. 五，六	五，六 wǔ，liù	ご、ろく
28. 七，八	七，八 qī，bā	しち（なな）、はち
29. 九，十	九，十 jiǔ，shí	きゅう（く）、じゅう
30. 二十	二十 èr shí	にじゅう
31. 三十	三十 sān shí	さんじゅう
32. ～十	～十 ～shí	～じゅう
33. 七十五	七十五qī shí wǔ	なな じゅう ご
34. ～百	～百 ～bǎi	ひゃく
35. ～歲	～岁 ～suì	～歳

36. 先生	先生xiān sheng	①〜さん（男性）②ご主人
37. 小姐	小姐xiǎo jiě	〜さん（女性）
38. 太太	太太tài tai	奥さん、家内
39. 也	也 yě	〜も〜
40. 外國	外国 wài guó	外国
41. 朋友	朋友 péng yǒu（you）	友達
42. 荷蘭	荷兰 hé lán	オランダ
43. 日本	日本 rì běn	日本
44. 平常	平常píng cháng	普段
45. 是……還是	是……还是… shì…hái shì……	或いは、または 「〜ですか、〜ですか。」 「〜ますか、〜ますか。」

　　日文"人"有（音読み近中文音）人、人，（訓読み日式唸法）人三種讀法。（日檢4、5級重點字型）

＊計算單位時，人的唸法為にん，例如幾個人為「何人」，而不唸なんじん。

＊哪一國人時，例如中國人，日語唸「中国人」，不唸ちゅうごくにん或ちゅうごくひと。

＊複合字時，例如：恋人 / 戀人，人的發音為「ひと」是訓讀。恋是愛戀，人是人，恋＋人→恋人，日文兩名詞疊在一起成一個字詞，稱為複合名詞，重疊的後方名詞標音多轉成濁音。其他例如：青空（青＋空），北国（北＋国）…，複合字則為日檢3、4級重點題型，請注意。

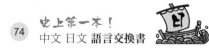
MP3 06-02

(二)文型wén xíng / 文型

繁體字fán tǐ zì 简体字 / 漢語拼音jiǎn tǐ zì hàn yǔ pīn yīn	日本語 にほんご
1. 我　是　中國人。 我　是　中国人。 wǒ shì zhōng guó rén	私 は 中国人 です。
2. 我　是　男性。 我　是　男性。 wǒ shì nán xìng	私 は 男性 です。
3. 我　今年　是三十八歲。 我　今年　是三十八岁。 wǒ jīn nián ~~shì~~ sān shí bā suì	私 は 今年 ３８歳 です。
4. 我　是　小學 ~~的~~ 老師。 我　是　小学 ~~的~~ 老师。 wǒ shì xiǎo xué ~~de~~ lǎo shī	私 は 小学校の先生 です。
5. 我們　說　中國話，中文　是　我國的 母語。 我们　说　中国话， wǒ men shuō zhōng guó huà 中文　　是　我国　的　母语。 zhōng wén shì wǒ guó de mǔ yǔ	私達 は 中国語を 話します。中国語 は わが国 の 母語 です。 ＊受詞＋を＋動詞，表做…事，請參閱 第七課文法(2)基礎動詞表現法 ＊わがー / 我的、我們的、自己的
6. 日本　位於　亞洲。 日本　位于　亚洲。 rì běn wèi yú yà zhōu	日本 は アジア に あります。 ＊ある（常）、あります（敬）/ 在、位於，表地點時前方助詞為に

7. 臺灣　也　位於　亞洲。 台湾　也　位于　亚洲。 tái wān　yě　wèi yú　yà zhōu	台湾　も　アジア　に　あります。
8. 瑪麗小姐　是　美國人。 玛丽小姐　　是　美国人。 mǎ lì xiǎo jiě　shì　měi guó rén	マリーさん　は　アメリカ人　です。 ＊ "～小姐" は中国語では女性に対する丁寧な呼び方です。元は未婚の女性を指します。
9. 美國人　　說　英文。 美国人　　说　英文。 měi guó rén　shuō　yīng wén	アメリカ人　は　英語　を　話します。
10. 布朗太太　　是　英國人。 布朗太太　　是　英国人。 bù lǎng tài tai　shì　yīng guó rén	ブランさん　は　イギリス人　です。 ＊ "太太" は結婚した女性の呼び方です。
11. 英國　　在　歐洲。 英国　　在　欧洲。 yīng guó　zài　ōu zhōu	イギリス　は　ヨーロッパ　に　あります。
12. 白小姐　是　荷蘭人，還是　法國人。 白小姐　是　荷兰人，还是　法国人。 bái xiǎo jiě shì hé lán rén hái shì fǎ guó rén	白さん　は　オランダ人　ですか、フランス人　ですか。 （二選一，把正確答案選出即可）
13. 白小姐　　是　荷蘭人。 白小姐　　是　荷兰人。 bái xiǎo jiě　shì　hé lán rén	白さん　は　オランダ人　です。
14. 荷蘭　也　在　歐洲　嗎？ 荷兰　也　在　欧洲　吗？ hé lán　yě　zài　ōu zhōu　ma	オランダ　も　ヨーロッパ　に　あります　か。

15. 是，是的。 是，是的。 shì　shì de	はい、そうです。
16. 田中先生　　　是　日本人。 田中先生　　　是　日本人。 tián zhōng xiān sheng shì rì běn rén	田中さん は 日本人 です。 ＊ "〜先生" は中国語では男性に対する丁寧な呼び方です。
17. 日本　也　在　歐洲　嗎？ 日本　也　在　欧洲　吗？ rì běn　yě　zài　ōu zhōu　ma	日本 も ヨーロッパ に あります か？
18. 不，不是，日本　在　亞洲。 不，不是，日本　在　亚洲。 bù　bù shì　rì běn　zài　yà zhōu	いいえ、違います。日本 は アジア に あります。＊違う / 不是、錯誤、不同
19. 全球　　被劃分成　　　五大洲。 全球　　被划分成　　　五大洲。 quán qiú bèi huà fēn chéng wǔ dà zhōu	世界は 五つの大陸 に 区画されています。 ＊区画 / 劃分
20. 那些　是　亞洲、美洲、歐洲、澳洲、非洲。 那些是 亚洲、美洲、欧洲、澳洲、非洲。 nèi xiē shì yà zhōu měi zhōu ōu zhōu ào zhōu　fēi zhōu	それら は アジア、アメリカ、ヨーロッパ、オーストラリア、 アフリカ です。 ＊それら / 那些
21. 我的朋友　都　愛　中華文化。 我的朋友　都　爱　中华文化。 wǒ de péng yǒu（you）　dōu ài zhōng huá wén huà	友達 は 皆 中華文化 が 大主詞　　　　　　小主詞 好き です。 ＊大主詞は小主詞が述語。大小主詞表現法，可用來表喜好、能力、經驗等。

22　一起（來）學　中文　吧！ 　　一起（來）學　中文　吧！ 　　yī qǐ　lái xué　zhōng wén　ba	一緒に　中国語　を　学び　ましょう。（勧誘）

MP3 06-03

㈢文法解釋wén fǎ jiě shì / 文法解 釈

(1) 疑問句問答基本文型 / 疑問形と答え方

疑問形には、二つの種類があります。 / 疑問句有兩種形態。

疑問形の答え方は、中 国語も日本語も同じです。 / 疑問語回答的方法，中、日文是相同的。

　　　タイプ I 不定称の疑問（疑問詞疑問文）の場合 / 當疑問句是不定稱時
　　　　　→あなた は 何人 ですか？
　　　　　　　（不定称）

　　　　　你　是　哪國人？
　　　　　你　是　哪国人？
　　　　　　（不定稱）

　　　　　nǐ　shì　nǎ guó rén

答えるとき、「はい（是）」、「いいえ（不是）」は要りません。正解のみを答えます。 / 回答時 はい、いいえ都不用，只要回答正確答案即可。

　　　　（答え）私 は 中 国人 です。

　　　　　　　我 是 中國人。

　　　　　　　我 是 中国人。

　　　　　　　wǒ shì zhōng guó rén

　　　タイプ II 肯定形の疑問（諾否疑問文）の場合 / 當疑問句是肯定句時
　　　　　→あなた は 中国人 です か。
　　　　　　　　　（肯定形）

　　　　　你　是　中國人　嗎？

你 是 中国人 吗？
　　　　（定稱）
nǐ　shì　zhōng guó rén ma

肯定形の疑問文では、中国語も日本語も同じように答えます。最初に①「はい（是）」または「いいえ（不是）」で答えて、正解か不正解か、相手に提示します。 / 當疑問句是肯定句（定稱）時，中、日文的回答方式是相同的。首先要在句子的開頭回答①的はい（是）或いいえ（不是），以提示對方其發問是否正確。

答：はい、私 は 中国人 です。
　　①　　　　　　　　　②

是，我 是 中國人。
是，我 是 中国人。
①　　②

shì　wǒ　shì zhōng guó rén

いいえ、私 は 中国人 ではありません。
　①　　　　　　　　　　②

不是，　我　不是　中國人。
不是，　我　不是　中国人。
　①　　　　②

bù shì　wǒ　bù shì　zhōng guó rén

中文　①　の是或不是 イコール→日本語　①　のはい或いはいいえ
中文　②　の是或不是 イコール→日本語　②　のです或いはではありません

※①の「是shì / はい」或いは「不是bù shì / いいえ」は、ただの提示を意味するため、なくても文には影響しません。しかし、②の「是 shì / です」或いは「不是bù shì / ではありません」は、主語と述語との関係を肯定または否定するため、文には不可欠です。この点は、中国語も日本語も同じです。 / ※①的是 / はい，不是 / いいえ，只是提示作用，所以缺了也不影響整句。可是②的是 / です，不是 / ではありません，是作為肯定或否定主、述語之間的關係，所以對整句而言是不可缺少。這點中、日文是一樣的。

新出単語：

①要らない / 不需要，要る / 需要，必要	③のみ / 只有，只是，光
②正解 / 正確答案	④文 / 句子，文字，文章

句型練習 問答，請按答案的提示回答（問いと答え）

1. それ は あなたの です か。/（はい）

   那（個）是 你的 嗎？/（是，是我的。）

2. あなた は 何人 ですか。/（中国人）

   你是 哪國人？/（我是 中國人。）

3. フィリピン は ヨーロッパ に あります か。

   菲律賓 在 歐洲 嗎？

   （不是，你錯了，菲律賓在亞洲。）

4. これ は 日本 の カメラ です か。/（はい）

   這（個）是 日本 的 相機 嗎？/（是，是日本製的相機。）

5. 彼女 は 誰 の 妹 ですか。/（李さん）

   她 是 誰 的 妹妹？/（李先生的妹妹。）

解答

1. | それ | は | あなたの | です | か。 |
   |---|---|---|---|---|
   | 那（個） | 是 | 你的 | | 嗎？ |
   | 那（个） | 是 | 你的 | | 吗？ |
   | nà（ge） | shì | nǐ de | | ma |

はい、　これ　は　私（わたし）の　です。
是，　這（個）　是　我的。
是，　這（个）　是　我的。
shì　zhè（ge）　shì　wǒ de

＊それ / 那個　＊これ / 這個

2. あなた（さま）　は　何人（なにじん）　ですか。
您　　　　　是　哪國人？
您　　　　　是　哪国人？
nín　　　　shì　nǎ guó rén

私（わたし）　は　中国人（ちゅうごくじん）　です。
我　是　中國人。
我　是　中国人。
wǒ　shì　zhōng guó rén

3. フィリピン　はヨーロッパ　に　ありますか。
菲律賓　　在　歐洲　　嗎？
菲律宾　　在　欧洲　　吗？
fēi lǜ bīn　zài　ōu zhōu　　ma

いいえ、違（ちが）います。フィリピン　は　アジア　にあります。
不是，　你錯了，　菲律賓　在　　亞洲。
不是，　你错了，　菲律宾　在　　亚洲。
bù shì　nǐ cuò le　fēi lǜ bīn　zài　yà zhōu

4. これ　は　日本（にほん）　の　カメラ　ですか。
這（個）　是　日本製　的　相機　嗎？
這（个）　是　日本制　的　相机　吗？
zhè（ge）　shì　rì běn zhì　de　xiàng jī　ma

はい、	それ	は	日本	の	カメラ	です。
是，	那（個）	是	日本製	的	相機。	
是，	那（个）	是	日本制	的	相机。	
shì，	nà（ge）	shì	rì běn zhì	de	xiàng jī	

**カメラ /（照）相機

5.
彼女	は	誰	の	妹	ですか。
她	是	誰	的	妹妹？	
她	是	谁	的	妹妹？	
tā	shì	shéi	de	mèi mei	

李さん		の	妹	です。
是	李先生	的	妹妹。	
是	李先生	的	妹妹。	
shì	lǐ xiān sheng	de	mèi mei	

🎏 MP3 06-04

(2) ……也 yě ……的用法 / ......も......の使い方

　　中国語の「也 yě」と 日本語 の「も」の用法は同じで、主語と述語の間に置きます。/ 中文的 "也 yě" 等用於→ 日文的 "も"，是放在主，述語的中間。

　　日本語の場合、「も（也 yě）」で質問して、肯定形で答える場合、「も（也 yě）」は主語と述語の間に置きます。/ 日文中，以 "も（也 yě）" 來發問時，答案為肯定的情況時，"も（也 yě）" 就放在主，述語的中間。

　　一方、否定形で答える場合、「は」は主語と述語の間に置き、「も（也 yě）」は主語と述語の間に置きません。/ 另一方面， 答案為否定的情況時，"は" 就放在主、述語的中間，不要在主、述語之間放 "も（也 yě）"。

　　中国語で、「也 yě（も）」を使って質問されても、否定形で答える場合、「不也是 bù yě shì」ではなく、「不是 bù shì」と答えます。「也 yě」は答えが肯定の場合にの

み使えます。この点は中国語も日本語も同じです。 / 在中文上，就算對方以"也"提問，答案是否定時，不用"不也是bù yě shi"來回答，要用"不是"來回答。"也 yě"只用於答案是肯定的情況。這點中、日文的用法相同。

日本語	中國語			
彼も 中国人 ですか。	他	也是	中國人	嗎？
	他	也是	中國人	吗？
	tā	yě shì	zhōng guó rén	ma
はい、彼も 中国人 です。	是，	他	也是	中國人。
	是，	他	也是	中國人。
	shì	tā	yě shì	zhōng guó rén
いいえ、彼は 中国人 ではありません。	不是，	他	不是	中國人。
	不是，	他	不是	中國人。
	bù shì	tā	bù shì	zhōng guó rén

新出単語：

①質問 / 質問	③〜の場合 / 〜情況
②使う / 使用，使える/能用	④同じ / 相同

句型練習 問答，請按答案的提示回答 （問いと答え）

1. それ も オランダ製の です か。 / （はい）
   那（個） 也 是 荷蘭製的 嗎？/ （是）

2. あの人 も 韓国人 です か。/ （いいえ）
　 他 也 是 韓國人 嗎?/ （不是，是中國人）

3. 彼女 も 行きます か。/ （はい）
　 她 也 去 嗎?/ （是）

4. 妹 も 買いました か。/ （いいえ、買いません）
　 妹妹 也 買了 嗎?/ （不，沒買）

5. おじさん も イギリス人 です か。/ （いいえ）
　 叔叔 也 是 英國人 嗎?/ （不是，他是美國人）

解答

1. それ も オランダ製の ですか。
　 那（個） 也是 荷蘭製的 嗎?
　 那（个） 也是 荷兰制的 吗?
　 nà（ge） yě shì hè lán zhì de ma

　 はい、 これ も オランダ製の です。
　 是, 這（個） 也 是 荷蘭製的。
　 是, 這（个） 也 是 荷兰制的。
　 shì zhè (ge) yě shì hè lán zhì de

2. あの人 も 韓国人 です か。
　 他 也 是 韓國人 嗎?
　 他 也 是 韩国人 吗?
　 tā yě shì hán guó rén ma

いいえ、あの人 は 韓国人 ではありません。中国人 です。
不是， 他 不是 韓國人， 是 中國人。
不是， 他 不是 韩国人， 是 中国人。
bù shì tā bù shì hán guó rén shì zhōng guó rén

3. 彼女 も 行きます か。
　 她 也 去 嗎？
　 她 也 去 吗？
　 tā yě qù ma

はい、 彼女 も 行きます。
是， 她 也 去。
shì tā yě qù

＊行く（常）、行きます（敬）/ 去

4. 妹 さん も 買いました か。
　 妹妹 也 買了 嗎？
　 妹妹 也 买了 吗？
mèi mei yě mǎi le ma

いいえ、 妹 は 買いませんでした。
　 不， 妹妹 沒買。
　 不， 妹妹 没买。
　 bù mèi mei méi mǎi

＊買う（常）、買います（敬）/ 買，買わない（常）、買いません（敬）/不買、沒買

5. おじさん も イギリス人 です か。
　 叔叔 也 是 英國人 嗎？
　 叔叔 也 是 英国人 吗？
shú（shū）shu yě shì yīng guó rén ma

いいえ、	おじさん	は	イギリス人	ではありません、アメリカ人	です。
不是，	叔叔	不是	英國人，	是　　美國人。	
不是，	叔叔	不是	英国人，	是　　美国人。	
bù shì	shú（shū）shū	bù shì	yīng guó rén	shì　　měi guó rén	

MP3 06-05

(3) 都是 ， 不都是 ， 全不是 ，全部及一部份的表現法 / 全部と一部分の表現

※都是 dōu shì → 表全部

日本語で「皆」、「全部」、「一切」、「全て」という意味です。 /
在日文上為皆 / 都、全，全部 / 全部，一切 / 一切，総て / 全部、一切　等字的意思。

Q1：あなた方　は　みんな　中国人　です　か。
　　　你們　都　是　中國人　嗎？
　　　你们　都　是　中国人　吗？
　　　nǐ men　dōu　shì　zhōng guó rén　ma

答え方は場合によって異なります。 / 答案依情況而有所不同。

A1：全員 中 国人の場合→「都是dōu shì」で答えます。 /
　　全部都是中國人時，用"都是"來回答。「都」イコール→みんな……です。

はい、	私達	は	みんな	中國人	です。
是，	我們	都是	中國人。		
是，	我们	都是	中国人。		
shì	wǒ men	dōu shì	zhōng guó rén		

A2：全員 中 国人ではなく、他の国の人もいる場合、「不都是 bù dōu shì」で答えます。 / 不全是中國人，也有他國人時，則用"不都是"來回答。
※不都是 bù dōu shì →表一部份 / 一部分だけ、みんな（全部）……というわけではありません。

いいえ、私達は皆　中国人　というわけではありません。

不是，　我們　不都是　中國人。

不是，　我们　不都是　中国人。

bù shì　wǒ men　bù dōu shì　zhōng guó rén

A3：全員外国人の場合→「不是bù shì」で答えます。／

全是外國人時則用"不是"來回答。

いいえ、私達は　中国人　ではありません。韓国人　です。

不是，　我們　不是　中國人，　是　韓國人。

不是，　我们　不是　中国人，　是　韩国人。

bù shì　wǒ men　bù shì　zhōng guó rén shì　hán guó rén

再舉個例。／もう一つ例を挙げてみましょう。

Q2：これ　は　全部　あなたの　です　か。

這　都是　你的　嗎？

这　都是　你的　吗？

zhè　dōu shì　nǐ de　ma

※全部自分の物の場合／全部都是自己的

A：はい、　全部　私の　です。

是，　都　是　我的。

shì　dōu　shì　wǒ de

※一部分が他人の物の場合／有一部份是別人的

A：いいえ、　全部　私の　ではありません。

不是，　不都是　我的。

bù shì　bù dōu shì　wǒ de

この二つ　は　他　の　団員　の　荷物　です。

這兩件　是　別　的　團員　的　行李。

これ両件　　是　別　的　　団員　　的　　行李。
zhè liǎng jiàn　shì　bié　de　tuán yuán　de　xíng lǐ

※全部他人の物の場合 / 全是別人的
A：いいえ、　私の　　ではありません。
　　　不是，　　不是　　　　我的。
　　　bù shì　　bù shì　　　wǒ de

新出単語：

①～によって / 根據……（JLPT日檢1、2級的重點文型）	③他 / 其他
②～というわけではありません / 並不是……（JLPT1、2級的重點文型）	④荷物 / 行李

句型練習　問答，請按答案的提示回答（問いと答え）

1. これら　は　全部　あなたの　ですか。
　　這些　都是　你的　嗎？（都是，不都是，不是）

2. あなた方　は　みんな　韓国人　ですか。
　　你們　都是　韓國人　嗎？（不是，我們不都是韓國人。）

3. 彼ら　は　みんな　サラリーマン　です　か。
　　他們　都是　上班族　嗎？（不是，他們是學生。）

4. これら　は　全部　テキスト（教科書）ですか。
　　這些　都是　教科書　嗎？（不是，不都是教科書，也有故事書。）

解答

1. これら　　は　　全部　　あなたの　ですか。
　　這些　　都是　　你的　　嗎？
　　这些　　都是　　你的　　吗？
　　zhè xiē　dōu shì　nǐ de　　ma

　① はい、　それら　　は　　全部　私の　　です。
　　是，　　那些　　都是　我的。
　　是，　　那些　　都是　我的。
　　shì　　nà xiē　dōu shì　wǒ de

　② いいえ、　それら　は　全部　　私の　というわけではありません。
　　不是，　　那些　　不都是　我的。
　　不是，　　那些　　不都是　我的。
　　bù shì　　nà xiē　bù dōu shì　wǒ de

　③ いいえ、　私の　　ではありません。
　　不是，　不是　我的。
　　不是，　不是　我的。
　　bù shì　bù shì　wǒ de

　＊これら / 這些　＊それら / 那些

2. あなた方　は　　みんな　韓国人 ですか。
　　你們　都是　　韓國人　嗎？
　　你们　都是　　韩国人　吗？
　　nǐ men　dōu shì　hán guó rén　ma

　いいえ、　私達　は　みんな　韓国人　というわけではありません。
　　不是，　我們　　不都是　韓國人。
　　不是，　我们　　不都是　韩国人。
　　bù shì　wǒ men　bù dōu shì　hán guó rén。

　＊あなた方 / 你們　＊私達/我們

3. 彼ら　は みんな　サラリーマン　です　か。

他們　都是　上班族　嗎？

他們　都是　上班族　嗎？

tā men　dōu shì　shàng bān zú　ma

いいえ、　あの人たち　は　学生　です。

不是，　他們　是　學生。

不是，　他们　是　学生。

bù shì　tā men　shì　xué shēng

＊彼ら／他們　＊学生／學生

＊サラリーマン／上班族，オーエル (OL)、オフィスレディー (Office Lady)／粉領族

4. これら　は　全部　テキスト（教科書）ですか。

這些　全是　教科書　嗎？

这些　全是　教科书　吗？

zhèi xiē　quán shì　jiào kē shū　ma

いいえ、　全部　テキスト　というわけではありません。絵本　も あります。

不是，　不都是　教科書，　也有　故事書。

不是，　不都是　教科书，　也有　故事书。

bù shì　bù dōu shì　jiào kē shū　yě yǒu　gù shì shū

＊教科書、テキスト／教科書，課本　＊絵本／故事書

🎏 MP3 06-06

(4) ……還是（还是 hái shì）……。中文選擇題，二選一的表現法／ ……ですか、或いは……ですか。二者択一の表現法

あなた　は　中 国 人　ですか、　日 本 人　ですか。

你　是　中國人？　還是　日本人？

你　是　中国人？　还是　日本人？

nǐ　shì　zhōng guó rén　hái shì　rì běn rén

還是（还是hái shì）→日本語で「或いは」、「又は」と言う意味です。 / "還是" 日文
為 "或いは"、"又は" 的意思。

表現法

| 主語 | は | 述語① | ですか、 | 述語② | ですか。 |

| 主語 | 是 | 述語① | ？還是（还是hái shì） | 述語② | ？ |

| 主語 | は | 述語① | ますか、 | 述語② | ますか。 |

| 主語 | 要yào | 述語① | ？還是（还是hái shì） | 要yào | 述語② | ？ |

二者択一の疑問文です。この場合、正解を選んで答えます。 / 二選一。這種情況，選正
確答案回答。

※ 中国語の場合、「還是（还是 hái shì）/ 或いは」は述語①と述語②の間に置きま
す。日本語の「或いは / 還是、或是」はなくてもいいですが、中国語の「還是（还
是 hái shì）/ 或いは」は不可欠です。 / 中文句型表現時，"還是 / 或いは" 得放兩個
述語句子中間，日文的 "或いは / 還是、或是" 不用也行，但中文此種句型 ""還是 / 或
いは" 是不可缺的。

日文此種句型現時，只要以 述語① ですか、 述語② ですか。 或 述語① ますか、
述語② ますか。 來表現即可。

例1：Q： あなた は お姉さん ですか、 妹 ですか。

你 是 姊姊？ 還是 妹妹？

你 是 姐姐？ 还是 妹妹？

nǐ shì jiě jie hái shì mèi mei

A： 私 は 妹 です。

我 是 妹妹。

我 是 妹妹。

wǒ shì mèi mei

例2：Q： 昼 は 定食 にします か、 おそば にしますか。

中飯 要吃 定食？ 還是 要吃 麵？

中饭　　　要吃　　　定食？　　　　还是　　　要吃　　　面？
zhōng fàn　yào chī　dìng shí　　　hái shì　　yào chī　　miàn

A：おそば　に します。
　　　吃　　　　麵。
　　　吃　　　　面。
　　　chī　　　miàn

句型練習 問答，請按答案的提示回答（問いと答え）

1. これ　　 は　あなたの　ですか、　彼の　 ですか。
　 這（個）　是　　你的？　　　還是　　他的？　（我的）

2. あの人　は　　男性　　ですか、　女性　　ですか。
　 那個人　是　男性？　　還是　　女性？　　（男性）

3. これ　　 は　大きいの　ですか、　小さいの　ですか。
　 這（個）　是　　大的？　　　還是　　　小的？　　（大的）
　 大的→大きいの、小的→小さいの

解答

1. これ　　 は　あなたの　ですか、　彼の　　ですか。
　 這（個）　是　　你的？　　還是　　他的？
　 這（个）　是　　你的？　　还是　　他的？
　 zhè（ge）　shì　　nǐ de　　hái shì　　tā de

それ　　　は　　　私^{わたし}の　　です。

それ　　　は　　　私の　　です。

那（個）　是　　我的。

那（个）　是　　我的。

nà ge　　shì　　wǒ de

2. あの人^{ひと}　は　　男性^{だんせい}　ですか、　女性^{じょせい}　ですか。

那個人　　是　　男性？　　還是　　女性？

那个人　　是　　男性？　　还是　　女性？

nà ge rén　　shì　　nán xìng　　hái shì　　nǔ xìng

あの人^{ひと}　は　　男性^{だんせい}　です。

他　　　是　　男性。

tā　　　shì　　ná xìng

3.　これ　　　は　　大^{おお}きいの　ですか、　小^{ちい}さいの　ですか。

這（個）　是　　大的？　　還是　　小的？

這（个）　是　　大的？　　还是　　小的？

zhè（ge）　shì　　dà de　　hái shì　　xiǎo de

それ　　　は　　大^{おお}きいの　です。

那（個）　是　　大的。

那（个）　是　　大的。

nà ge　　shì　　dà de

 MP3 07-01

第七課
這是什麼？
これは<ruby>何<rt>なん</rt></ruby>ですか。

㈠生字 shēng zì／<ruby>新出単語<rt>しんしゅつたんご</rt></ruby>

繁體字 fán tǐ zì	简体字 jiǎn tǐ zì 汉语拼音 hàn yǔ pīn yīn	日本語 にほんご
1. 這（個）是	这（个）是 zhè shì	これは
2. 那（個）是	那（个）是 nà shì	それは / あれは
3. 什麼，甚麼	什么，甚么 shén me	何、何（なに、なん）
4. 哪個	哪个 něi ge	どの、どれ
5. 筆（枝）	笔 bǐ（枝 zhī）	ペン（本ほん）
6. 自動鉛筆（枝）	自动铅笔 zì dòng qiān bǐ（枝 zhī）	シャープペンシル（本ほん）
7. 原子筆（枝）	原子笔 yuán zǐ bǐ（枝 zhī）	ボールペン（本ほん）
8. 鋼筆（枝）	钢笔 gāng bǐ（枝 zhī）	万年筆（まんねんひつ）（本ほん）
9. 這個	这个 zhè ge	これ、この＋N
10. 釘書機（個 ge）， 釘書針（盒）	订书机、订书针 dìng shū jī（个 gè） dìng shū zhēn（盒 hé）	ホチキス（個こ）、 ホチキスの針（しん）（本ほん）
11. 筆記本（本）	笔记本 bǐ jì běn（本 běn）	ノート（冊さつ）
12. 金幣（個 ge、塊）	金币 jīn bì（个 gè、块 kuài）	金貨（きんか）、コイン（枚まい）
13. 橡皮擦（個 ge）	橡皮擦 xiàng pí cā（个 gè）	消しゴム（けこ）

14. 尺（枝）	尺 chǐ（枝 zhī）	定規<ruby>じょうぎ</ruby>（本<ruby>ほん</ruby>）
15. 膠 水（罐）	胶水 jiāo shuǐ（罐 guàn）	のり（個<ruby>こ</ruby>）
16. 練習本（本）	练习本 liàn xí běn（本 běn）	練習帳<ruby>れんしゅうちょう</ruby>（冊<ruby>さつ</ruby>）
17. 椅子（張）	椅子 yǐ zi（张 zhāng）	いす（脚<ruby>きゃく</ruby>）
18. 桌子（張）	桌子 zhuō zi（张 zhāng）	机<ruby>つくえ</ruby>（脚<ruby>きゃく</ruby>）
19. 電視（台）	电视 diàn shì（台 tái）	テレビ（台<ruby>だい</ruby>）
20. 音響（台）	音 响 yīn xiǎng（台 tái）	ステレオ（台<ruby>だい</ruby>）
21. 字典（本）	字典 zì diǎn（本 běn）	辞書<ruby>じしょ</ruby>（冊<ruby>さつ</ruby>）
22. 小汽車（台）	小汽车 xiǎo qì chē（台 tái）	ミニカー（台<ruby>だい</ruby>）
23. 參考書（本）	参考书 cān kǎo shū（本）	参考書<ruby>さんこうしょ</ruby>（冊<ruby>さつ</ruby>）
24. 週刊（本）	週刊 zhōu kān（本 běn）	週刊誌<ruby>しゅうかんし</ruby>（冊<ruby>さつ</ruby>）
25. 課本 （本）	课本 kè běn（本 běn）	テキスト（冊<ruby>さつ</ruby>）
26. 書櫃（個 ge）	书柜 shū guì（个 gè）	本棚<ruby>ほんだな</ruby>（架<ruby>か</ruby>）
27. 圖書（本）	图书 tú shū（本 běn）	絵本<ruby>えほん</ruby>（冊<ruby>さつ</ruby>）
28. 照相機（台）	照相机 zhào xiàng jī（台）	カメラ（台<ruby>だい</ruby>）
29. 數位相機（台）	数字相机 shù wèi（ zì） xiàng jī（台 tái）	テジタルカメラ（台<ruby>だい</ruby>）
30. 雜誌（本）	杂志 zá zhì（本 běn）	雑誌<ruby>ざっし</ruby>（冊<ruby>さつ</ruby>）
31. 鑰匙（串）	钥匙 yào shi（串 chuàn）	鍵<ruby>かぎ</ruby>
32. 信用卡（張）	信用卡 xìn yòng kǎ（张）	クレジットカード（枚<ruby>まい</ruby>）
33. 車票（張）	车票 chē piào（张 zhāng）	切符<ruby>きっぷ</ruby>（枚<ruby>まい</ruby>）

34. 誰的	谁的 sheí de	誰の
35. 掛號信（封）	挂号信guà hào xìn（封fēng）	書留（通）
36. 錄影機（台）	录像机lù yǐng（xiàng）jī（台tái）	ビデオデッキ（台）
37. 錢包（個ge）	钱包 qián bāo（个gè）	財布（個）
38. 音樂（首）	音乐yīn yuè（首shǒu）	音楽（曲）
39. 快樂	快乐 kuài lè	楽しい
40. 互相	互相 hù xiāng	お互いに
41. 個人	个人 gè rén	個人

＊「何 / 甚麼」有何、何兩種發音：①當何的後方接「で、だ、と、の」四種發音的助詞時，或②何＋計算單位時，何的發音為 なん，而不唸なに，除此之外，"何"一律唸為なに。考題作答時可依此判斷答案，請牢記。（日檢4、5級重點文型）

＊①計算數量時，如果有變化，數字方面通常發生在「一、六、八、十」。一いち→いっ、六ろく→ろっ、八はち→はっ、十じゅう→じゅっ、じっ。②數目單位方面：如果有變化通常發生在「三、何」及「一、六、八、十」這2組數目上。有變化的話，「三、何」後面接的數目單位會從清音轉成濁音。例如：「三本 / 三根」、「何本 / 幾枝」、「三足 / 三雙」、「何足 / 幾雙」，「三杯 / 三杯」、「何杯 / 幾杯」等等。另外，「一、六、八、十」後面接的單位則會從清音轉成半濁音，以「本」為例：「一本 / 一根」、「六本 / 六根」、「八本 / 八根」、「十本、十本 / 十根」等等。如果數字，單位有變化大部分都是這麼變，不大會超過這個範圍。尤其是考題作答時可依此判斷答案，請牢記。（日檢4、5級重點文型）

 MP3 07-02

(二)**文型** wén xíng ／**文型**_{ぶんけい}

繁體字 fán tǐ zì	日本語_{にほんご}
简体字 / 漢語拼音 jiǎn tǐ zì hàn yǔ pīn yīn	
1. 這（個）是 什麼？ 这（个）是 什么? zhè（ge） shì shén me	これ は 何_{なん} ですか。
2. 那（個）是 膠水。 那（个）是 胶水。 nà（ge） shì jiāo shuǐ	それ は のり です。
3. 那（個）是 什麼？ 那（个）是 什么? nà（ge） shì shén me	それ は 何_{なん} ですか。
4. 這（個）是 釘書機。 这（个）是 订书机。 zhè（ge） shì dìng shū jī	これ は ホチキス です。
5. 你的鑰匙 是 哪個？ 你的钥匙 是 哪个? nǐ de yào shi shì nǎ ge	あなたの鍵_{かぎ} は どれ ですか。
6. 這鑰匙 是 我的。 这钥匙 是 我的。 zhè yào shi shì wǒ de	この鍵_{かぎ} は 私の_{わたし} です。
7. 這（個）是 媽媽的錢包。 →這錢包 是 媽媽的。 这（个）是 妈妈的钱包。 →这钱包 是 妈妈的。 zhè（ge） shì mā ma de qián bāo → zhè qián bāo shì mā ma de	これ は 母の財布_{はは さい ふ} です。→ この財布_{さい ふ} は 母の_{はは} です。

8. <u>這（封） 是</u> <u>誰的掛號信</u>？→<u>這掛號信</u> <u>是</u> <u>誰的</u>？ 　　<u>这（封） 是</u> <u>谁的挂号信</u>？→<u>这挂号信</u> <u>是</u> <u>谁的</u>？ zhè（fēng）shì shéi de guà hào xìn → zhè guà hào xìn shì shéi de	<u>これ</u> <u>は</u> <u>誰の書留</u> <u>です</u>か。 <u>この書留</u> <u>は</u> <u>誰の</u> <u>です</u>か。
9. <u>是</u> <u>爺爺的</u>。 　　<u>是</u> <u>爷爷的</u>。 shì yé ye de	<u>お爺さんの</u> <u>です</u>。
10. <u>姊姊的照相機</u> 　　 <u>是</u> <u>哪台</u>？ 　　<u>姐姐的照相机</u> 　　 <u>是</u> <u>哪台</u>？ jiě jie de zhào xiàng jī shì nǎ tái	<u>お姉さんのカメラ</u> は <u>どれ</u> <u>です</u>か。
11. <u>這錄影機</u> <u>是</u> <u>荷蘭製的</u> <u>嗎</u>？ 　　<u>这录像机</u> <u>是</u> <u>荷兰制的</u> <u>吗</u>？ zhè lù yǐng（xiàng）jī shì hé lán zhì de ma	<u>このビデオデッキ</u> <u>は</u> <u>オランダ製の</u> <u>です</u>か。
12. <u>不是</u>，<u>是</u> 　<u>菲律賓</u> <u>製的</u>。 　　<u>不是</u>，<u>是</u> 　<u>菲律宾</u> <u>制的</u>。 bù shì shì fēi lǜ bīn zhì de	<u>いいえ、フィリピン製</u> <u>の</u> <u>です</u>。
13. <u>聽</u> <u>音樂</u>（的事） <u>真快樂</u>。 　　<u>听</u> <u>音乐</u>（的事） <u>真快乐</u>。 tīng yīn yuè de shì zhēn kuài lè	<u>音楽を聞くの</u> <u>が</u> <u>楽しい</u> <u>です</u>。
14. <u>這家餐廳</u> 　 <u>的菜</u> 　<u>真好吃</u>。 　　<u>这家餐厅</u> 　 <u>的菜</u> 　<u>真好吃</u>。 zhè jiā cān tīng de cài zhēn hǎo chī	<u>このレストラン</u> <u>の</u> <u>料理</u> <u>は</u> <u>美味しい</u> <u>です</u>。
15. <u>一起</u> 　 <u>照張</u> 　<u>像</u> 　<u>吧</u>。 　　<u>一起</u> 　 <u>照张</u> 　<u>像</u> 　<u>吧</u>。 yī qǐ zhào zhāng xiàng ba	<u>一緒に</u> <u>写真</u> <u>を</u> <u>撮り</u> <u>ましょう</u>。

MP3 07-03

㊂ **文法解釋**wén fǎ jiě shì / 文法解釈（ぶんぽうかいしゃく）

(1) 所有，所屬文型之表現 / 所有、所属（しょゆう、しょぞく）の文型表現（ぶんけいひょうげん）

"これ" 系列、"この＋N" 系列、以及 "表所有、所屬時，取代所有、所屬後續名詞的の"，此三者在所有、所屬句型表現中的相互替換應用關係（與日語文法有關）

こ、そ、あ、ど系統中的指定　この / 這、その / 那、あの / 那、どの / 哪＋N＝同系統指事物的指示代名詞これ / 這個、それ / 那個、あれ / 那個、どれ / 哪個，この的後面務必接名詞，所以有以下同義四句的替換關係。

例（れい）:

① この　鍵（かぎ）　は　私（わたし）の　鍵（かぎ）　です。

　　這　鑰匙　是　我　的　鑰匙。

　　这　钥匙　是　我　的　钥匙。

　　zhè　yào shi　shì　wǒ　de　yào shi

鍵（かぎ）/ 鑰匙可不必重覆在文型中出現，但 "この" 的後後面務必接名詞，所以為簡化句型只能選擇把私の鍵（わたし かぎ）/ 我的鑰匙的鍵（かぎ）/ 鑰匙拿掉，以の來取代鍵（かぎ）/ 鑰匙→

② この 鍵（かぎ）　は　私（わたし）の　です。

　　這 鑰匙　是　我的。

　　这 钥匙　是　我的。

　　zhè yào shi　shì　wǒ de

若將主語的この 鍵（かぎ）/ 這個 鑰匙簡化以これ / 這（個）來表現，整句句型即為→

③ 　これ　は　私（わたし）の　鍵（かぎ）です。

　　這（個）　是　我　的　鑰匙。

　　这（个）　是　我　的　钥匙。

　　zhè（ge）　shì　wǒ　de　yào shi

最後以最精簡方式表現文型，把この 鍵（かぎ）/ 這個 鑰匙以これ / 這（個）來表現，私の鍵（わたし かぎ）/ 我的鑰匙簡化私の（わたし）/ 我的→

④ 　これ　は 私（わたし）の　です。

　　這（個）　是　　我的。

这（个）　　是　　　我的。

zhè（ge）　　shì　　　wǒ de

上の四つの文型の意味は同じですが、表現法はそれぞれ異なります。 / 上述四句文型是相同意義，可是各有不同的表現方法。

> 這＋N鑰匙（这＋N钥匙）＝這個（这个）
>
> この＋N（鍵）＝これ
>
> この点は、中国語も日本語も同じです。 / 這點中、日文相同

新出単語：

ぞれぞれ / 各自・分別・毎個人

句型練習 依上述句型替換方式練習換換看。 / 上の文例に従って作り変えてください。

1. この本は　弟　の　本　です。

2. その車　は　兄　の　車　です。

解答 四個句子相同意思。 / 以下の四つの文の意味は同じです。

1. この本　　は　弟　　の　本　です。

　　這本書　　是　弟弟　的　書。

　　这本书　　是　弟弟　的　书。

　　zhè běn shū　shì　dì di　de　shū

→ <u>この本</u>　は　<u>弟の</u>　です。

　<u>這本書</u>　是　<u>弟弟的</u>。

　<u>这本书</u>　是　<u>弟弟的</u>。

　<u>zhè běn shū</u>　<u>shì</u>　<u>dì di de</u>

→ <u>これ</u>　は　<u>弟</u>　の　<u>本</u>　です。

　<u>這本</u>　是　<u>弟弟</u>　的　<u>書</u>。

　<u>这本</u>　是　<u>弟弟</u>　的　<u>书</u>。

　<u>zhè běn</u>　<u>shì</u>　<u>dì di</u>　<u>de</u>　<u>shū</u>

→ <u>これ</u>　は　<u>弟の</u>　です。

　<u>這本</u>　是　<u>弟弟的</u>。

　<u>这本</u>　是　<u>弟弟的</u>。

　<u>zhè běn</u>　<u>shì</u>　<u>dì di de</u>

2. <u>その車</u>　は　<u>兄</u>　の　<u>車</u>　です。

　<u>那車子</u>　是　<u>哥哥</u>　的　<u>車子</u>。

　<u>那车子</u>　是　<u>哥哥</u>　的　<u>车子</u>。

　<u>nà chē zi</u>　<u>shì</u>　<u>gē ge</u>　<u>de</u>　<u>chē zi</u>

→ <u>その車</u>　は　<u>兄の</u>　です。

　<u>那車子</u>　是　<u>哥哥的</u>。

　<u>那车子</u>　是　<u>哥哥的</u>。

　<u>nà chē zi</u>　<u>shì</u>　<u>gē ge de</u>

→ <u>それ</u>　は　<u>兄</u>　の　<u>車</u>　です。

　<u>那輛</u>　是　<u>哥哥</u>　的　<u>車子</u>。

　<u>那辆</u>　是　<u>哥哥</u>　的　<u>车子</u>。

　<u>nà liàng</u>　<u>shì</u>　<u>gē ge</u>　<u>de</u>　<u>chē zi</u>

→ <u>それ</u>　は　<u>兄の</u>　です。

　<u>那輛</u>　是　<u>哥哥的</u>。

　<u>那辆</u>　是　<u>哥哥的</u>。

　<u>nà liàng</u>　<u>shì</u>　<u>gē ge de</u>

MP3 07-04

(2) 基礎動詞表現法 / 動詞の基礎表現

　この課では主に中国語の動詞表現について説明します。日本語の動詞変化は、付録のChapter2 (3)「動詞の変化」を参考にしてください。 / 本單元主要是對中文動詞的表現法做說明，日文的動詞變化，請參照附錄Chapter 2 (3)動詞變化單元。

動詞を含む文型 / 包含動詞的句型

日本語の語順：主語（人）は名詞（目的語）を動詞
中国語の語順：主詞（人）＋動詞＋名詞（受詞obj）
ここで紹介する動詞を含む文型では、中国語と日本語の語順は逆になります。 / 在此介紹的動詞表現句型，中文及日文的語順恰好相反。

次の表から中、日の違いを見てください。

主語（人）	（目的語）名詞	動詞	主詞（人）	動詞	（OBJ受詞）名詞
(1) 私は	水を	飲む	(1) 我 wǒ 私	喝 hē 飲む	水 shuǐ 水
(2) 私は	ご飯を	食べる	(2) 我 wǒ 私	吃 chī 食べる	飯（饭） fàn ご飯
(3) 私は	本を	読む	(3) 我 wǒ 私	看 kàn 読む	書（书） shū 本
(4) 私は	テレビを	見る	(4) 我 wǒ 私	看 kàn 見る	電視（电视） diàn shì テレビ
(5) 私は	手紙を	書く	(5) 我 wǒ 私	寫（写） xiě 書く	信 xìn 手紙

 句型練習 翻翻看（日本の方は中国語を読んでみてください）

1. 說中國話（中国語 / 中國話，話す / 說）　　2. 做菜（料理 / 菜，作る / 做）

3. 念書（勉強 / 念書）　　　　　　　　　　4. 散步（散步 / 散步）

5. 寫信（手紙 / 信，書く / 寫（写））　　　6. 去學校（学校 / 學校，行く / 去）

7. 交朋友（友達 / 朋友，作る / 交）　　　　8. 學日文（学ぶ / 學習）

9. 看報紙（新聞 / 報紙，読む / 看）　　　　10. 查字典（辞書 / 字典，引く、見る / 查）

解答　赤字＝動詞 / 紅字為動詞

1. 中国語 を 話します。	2. 料理 を 作ります。
說　　　　　　中國話。	做　　　　　　菜。
说　　　　　　中国话。	做　　　　　　菜。
shuō　　zhōng guó huà	zuò　　　　cài
3. 勉強 を します。	4. 散步 を します。
（做）　　　　念書。	（做）　　　　散步。
（做）　　　　念书。	（zuò）　　　sàn bù
（zuò）　　niàn shū	
5. 手紙 を 書きます。	6. 学校 へ 行きます。
寫　　　　　　信。	去　　　　　　學校。
写　　　　　　信。	去　　　　　　学校。
xiě　　　　xìn	qù　　　xué xiào
7. 友達 を 作ります。	8. 日本語 を 学びます。
交　　　　　　朋友。	學　　　　　　日文。
jiāo　　péng yǒu（you）	学　　　　　　日文。
	xué　　　rì wén

9. 新聞 を 読みます。	10. 辞書 を 引きます。
看　　　　　報紙。	查　　　　　字典。
看　　　　　报纸。	chá　　　zì diǎn
kàn　　　bào zhǐ	

動詞日翻中的注意事項

「する」は中国語で「做〜 zuò」と訳します。「勉強をします」を中国語に直訳すると「做（する）zuò　念書（勉強）niàn　shū」となります。しかし、日本語の「N＋する」の場合では、中国語では「做zuò」と訳さず、そのまま「勉強／念書niàn shū」、「散歩／散歩sàn bù」、「洗濯／洗衣／xǐ yī」などと訳します。／する在中文譯為"做"，"勉強をします／念書（书）"直譯中文的話是"做念書"，可是日文n＋する翻中文時，"する／做"是不翻出來的，只有把讀書，散步，洗衣等受詞翻譯出來即可。

例：舉例

＊勉強　を　します／做 念書（书）→ 念書（书）niàn　shū（○）

中国語では「念書（书）／勉強（念書）」の部分のみ訳します。／中文只把念書部分翻譯出來。
次も同じです。／接著也一樣

4. 散歩　を　します／做 散步 → 散歩　sàn bù（○）

中国語では「散歩」の部分のみ訳します。／中文只把散步部分翻譯出來。

他の例：其他的例

洗濯 します→ 做 洗衣 → 洗衣　xǐ yī（○）

掃除 します→ 做 打掃 → 打掃　dǎ sǎo（○）

この点に注意してください。／這點請大家注意。

新出単語：

＊訳さず＝訳さない / 不翻，V1否定形-ない+ず，表否定，不……

＊そのまま / 一如那樣，Vたまま/維持～的樣子（日檢3、4級重點文型）

MP3 07-05

(3) ～吧ba！的使用法 / ～ましょう、～でしょうの使い方

一緒に　中国語　を　学び　ましょう。
一起　　學　　中文　　吧！
一起　　学　　中文　　吧！
yī qǐ　　xué　zhōng wén　ba

※「一起yī qǐ」は日本語で「一緒に」と言う意味です。/ "一起yī qǐ"日文為 "一緒に"。

※ "吧ba" イコール→「日本語のV1意量形う、よう」、「V2連用形ましょう」、「～でしょう」。/ "吧ba"等於日文 "V1意量形う、よう"、"V2連用形ましょう"、"～でしょう"。

使い方は中国語も日本語も同じです。勧誘、推測、未来などの場合に使います。/ 文型用法中、日文一樣，用於勧誘、推測、未來等時候。

例1：勧誘 / 勧誘

＊行き ましょう。	＊飲み ましょう。
去　　吧！	喝　　吧！
qù　　ba	hē　　ba
＊書き ましょう。	＊買い ましょう。
寫　　吧！ 写　　吧！	買　　吧！ 买　　吧！
xiě　　ba	mǎi　　ba

例2：推測 / 推測

* <u>これ</u>　　<u>で</u>　　<u>いい</u>　でしょう。

<u>這樣</u>　<u>可以</u>　<u>吧</u>！

<u>这样</u>　<u>可以</u>　<u>吧</u>！

<u>zhè yàng</u>　<u>kě yǐ</u>　ba

* <u>彼</u>　は　<u>たぶん</u>　<u>中国人</u>　でしょう。

<u>他</u>　<u>大概</u>　<u>是</u>　<u>中國人</u>　<u>吧</u>！

<u>他</u>　<u>大概</u>　<u>是</u>　<u>中国人</u>　<u>吧</u>！

<u>tā</u>　<u>dà gài</u>　<u>shì</u>　<u>zhōng guó rén</u>　ba

例3：未来 / 未來

* <u>明日</u>　は　<u>雨が</u><u>降る</u>　でしょう。

<u>明天</u>　<u>會</u>　<u>下雨</u>　<u>吧</u>！

<u>明天</u>　<u>会</u>　<u>下雨</u>　<u>吧</u>!

<u>míng tiān</u>　<u>huì</u>　<u>xià yǔ</u>　ba

意量句型應用補充：決定 / 決定

<u>V1意量形う、よう＋と</u> 思っています / 決定、打算

* <u>このマンション</u>　を　<u>買おうと</u>　思っています。

<u>我決定</u>　<u>買</u>　<u>這電梯大樓住宅</u>。

<u>我决定</u>　<u>买</u>　<u>这电梯大楼住宅</u>。

<u>wǒ jué dìng</u>　<u>mǎi</u>　<u>zhè diàn tī dà lóu zhù zhái</u>

新出単語：

①一緒 / 一樣，一緒に / 一起（日檢2級範圍）	②マンション / 電梯大樓住宅

句型練習　翻翻看。/ 日本の方は中国語を読んでみてください。

1. 選吧！/（選ぶ / 選）
2. 回家吧！/（帰る / 回家）
3. 讀吧！/（読む / 讀）
4. 說吧！/（話す / 讀）
5. 一起玩吧！/（一緒に、遊ぶ / 玩）

解答 （勧誘 / 勸誘）

1. 選ぼう。（常）→選び ましょう。（敬） 選 吧！ 选 吧！ xuǎn ba	2. 帰ろう。（常）→ 帰り ましょう。 （敬） 回家 吧！ huí jiā ba
3. 読もう。（常）→読み ましょう。（敬） 讀 吧！ 读 吧！ dú ba	4. 話そう。（常）→話し ましょう。（敬） 說 吧！ 说 吧！ shuō ba
5. 一緒に 遊ぼう。（常）→一緒に 遊び ましょう。（敬） 一起 玩 吧！ 一起 玩 吧！ yī qǐ wán ba	

（中）次の文の＿＿＿★に入る最も適切なものを、1，2，3，4から一つ選んでください。/

　　請從下列四個解答中選出最適合＿＿＿★位置的解答。

（日）日本の方は中国語を読んでみてください。

1.（　　）明日＿＿＿＿、＿＿＿＿ ★ ＿＿＿＿でしょう。
　　　　　①社長さんは　②出ない　③の会議　④たぶん
　　　　明天的會議社長大概不會出席吧。

2. （　）お弁当＿＿＿＿　＿＿＿＿。＿★＿　＿＿＿＿ 食べましょう。
①一緒に　②よかったら　③来ました　④を作って

我做了便當來，不嫌棄的話一起吃吧！

3. （　）そろそろ＿★＿。＿＿＿＿　＿＿＿＿　＿＿＿＿ますよ。
①出ないと　②遅れ　③会社に　④出かけましょう

差不多該出門吧，再不出門的話上班會遲到喔。

4. （　）この＿＿＿＿　＿＿＿＿　＿＿＿＿　＿★＿でしょう。
①なら　②お客様は　③喜ぶ　④ねだん

這個價格的話客人會很開心吧！

5. （　）今度の＿＿＿＿　＿＿＿＿　＿★＿　＿＿＿＿と思っています。
①妹　②旅行は　③連れて行こう　④も

這次的旅行我打算也帶妹妹去。

解答

1. （④）明日＿＿＿＿、＿＿＿＿　＿★＿　＿＿＿＿でしょう。（未来／未來）
①社長さんは　②出ない　③の会議　④たぶん

明日	の	会議、	社長さんは	は	たぶん	出ない	でしょう。
0		③	①		④	②	5

明天	的	會議	社長		大概	不會出席	吧。
0		③	①		④	②	5

明天	的	会议	社长		大概	不会出席	吧。
míng tiān	de	huì yì	shè zhǎng		dà gài	bù huì chū xí	ba

＊たぶん／大概　＊出る／出席，出去

2. （②）お弁当＿＿＿＿　＿＿＿＿。＿★＿　＿＿＿＿食べましょう。（勧誘／勸誘）
①一緒に　②よかったら　③来ました　④を作って

お弁当	を	作って	来ました。	よかったら	一緒に	食べましょう。
0		④	③	②	①	5
我做	了	便當	來，	不嫌棄的話	一起	吃吧！
④	③	0	③	②	①	5
我做	了	便当	来，	不嫌弃的话	一起	吃吧！
wǒ zuò	le	biàn dāng	lái	bù xián qì de huà	yī qǐ	chī ba

＊よかったら / 不嫌棄的話，可以的話

3.（ ④ ）そろそろ＿＿＿ ★ 。＿＿＿ ＿＿＿ ＿＿＿ますよ。（勧誘 / 勸誘）
　　　①出ないと　②遅れ　③会社に　④出掛けましょう

そろそろ	出掛けましょう。	出ない と	会社に	遅れ	ますよ。
0	④	①	③	②	5
差不多	該出門 吧，	再不出門 的話	上班	會遲到	喔。
0	④	①	③	②	5
差不多	该出门 吧，	再不出门 的话	上班	会迟到	喔。
chà bu duō	gāi chū mén ba	zài bù chū mén de huà	shàng bān	huì chí dào	ō

＊そろそろ / 差不多該…　＊出掛ける / 出門　＊遅れる / 遲到

4.（ ③ ）この＿＿＿ ＿＿＿ ＿＿＿ ★ でしょう。（推測 / 推測）
　　　①なら　②お客様は　③喜ぶ　④値段

この	値段	なら	お客様は	喜ぶ	でしょう。
0	④	①	②	③	5
這個	價格	的話	客人	會開心	吧！
0	④	①	②	③	5
这个	价格	的话	客人	会开心	吧！
zhè ge	jià gé	de huà	kè rén	huì kāi xīn	ba

＊値段 / 價格　＊喜ぶ / 開心，高興

5.（ ④ ）今度の＿＿ ＿＿ ★ ＿＿＿と思っています。（決定 / 決定）
　　　①妹　②旅行は　③連れて行こう　④も

今度_{こんど}　の　旅行は_{りょこう}　妹_{いもうと}　も　連れて行こう_{つ　い}　と　思っています。_{おも}

0　　②　　①　　④　　③　　　　　5

這次　的　旅行　我決定　也　帶　妹妹　去。

0　　②　　5　　④　　③　　①　　③

这次　的　旅行　我决定　也　带　妹妹　去。

zhè cì　~~de~~　lǚ xíng　wǒ jué dìng　yě　dài　mèi mei　qù

＊連れる / 帶

♪ MP3 07-06

(4) 簡體字相似字單元──1 / 簡体字_{かんたいじ}において似_にている字_じ

　中国語_{ちゅうごくご}には 似_にている漢字_{かんじ}が沢山_{たくさん}あります。うっかりしていると間違_{まちが}えます。ここでは簡体字_{かんたいじ}において似_にている漢字_{かんじ}を三組紹介_{さんくみしょうかい}します。書_かき間違_{まちが}えないように気_きをつけてください。 / 對中文而言，有許多相似漢字，一不小心就會弄錯，在這兒介紹三組簡體字的相似字，各位請小心不要寫錯。

新出単語：_{しんしゅつたんご}

① うっかり /（副，自サ）不注意	② 間違_{まちが}える / 搞錯、弄錯，書_かき間違_{まちが}える / 寫錯
③ ～ように / 像……，表目的及願望 （JLPT2、3級重點文型）	④ 気_きを付_つけて / 小心

第一組：簡 / 繁

a 车chē / 車　b 练liàn / 練　c 乐yuè、lè / 樂　d 东dōng / 東

例：_{れい}

a 车chē / 車：「车辆 chē liàng / 車輛」の「车 / 車」/ 車両_{しゃりょう}

b 练liàn / 練：「练习本liàn xí běn / 練習本」の「练 / 練」/ 練習帳_{れんしゅうちょう}

c 乐yuè／樂：「音乐 yīn yuè／音樂」の「乐／樂」／音楽

　乐 lè／樂：「快乐 kuài lè／快樂」の「乐／樂」／楽、楽しい

d 东dōng／（東）：「东边 dōng biān／東邊」の「东／東」／東

これらの字はしばしば別の字の一部分になることがあります。／這些字也經常成為別的字的一部分。

例：／例如：

※车chē（車）：輛（辆liàng 车两 ）／車輛 の 輛

　　　　　　連（连lián 辶车 ）／連携の連

　　　　　　輩（辈bèi 非车 ）／後輩の輩

※练liàn（練）：揀（拣jiǎn）／拾う

※东dōng（東）：陳（陈chén 阝东 ）／陳さんの陳

　　　　　　凍（冻dòng）／冷凍の凍

　　　　　　棟（栋dòng 木东 ）／軒（建物の助数詞）

新出単語：

①しばしば／（副）常常，經常，屢次	②別／別・另外

句型練習

請把下列句型中紅色繁體字的正確簡體字從括弧中選出來。／赤い繁体字に対して、正しい簡体字を括弧の中から選んで下さい。

1. 開（开）車（车，东，练，乐）時（时），請別聽（请别听）音樂（车，东，练，乐）。
　　kāi　　chē　　　　　shí　　qǐng bié tīng　　yīn yuè

運転するとき、音楽を聞かないでください。

✱運転／開車　✱V1否定ないでください。／別…，不要…（日檢4、5級重點文型）

2. 買（买）東（车，练，东，乐）西時（时），要比較（较）價格（价格）及品質後（品质后）再買（买）會較好（会较好）。

mǎi dōng xi shí　yào bǐ jiào　jià gé jí pǐn zhí（zhì）hòu zài mǎi　huì jiào hǎo

買い物するとき、物の値段とか、質とかを比較してから買ったほうがいいです。

✱値段／價格　✱質／品質　✱Vたほうがいいです。／～做會較好。（JLPT4級重點文型）

3. 這（这）音樂（车，乐，练，东）旋律真好聽（听）。

zhè　yīn yuè　　　　　　xuán lǜ　zhēn hǎo tīng

この音楽のメロディーは聞きやすいです。

✱メロディー／旋律，曲調

✱聞きやすい／好聽。V2連用形 ―ます― ＋形容詞＝複合形容詞（複合字為日檢3、4級重點文型）

4. 這遊樂園（这游乐园）真好玩，可以玩好多遊戲（游戏）真快樂（车，东，练，乐）。

zhè yóu lè yuán　zhēn hǎo wán　　kě yǐ wán hǎo duō　yóu xì　zhēn kuài lè

この遊園地は面白くて、いっぱい遊べて楽しかったです。

✱遊ぶ／玩，遊べる／能玩，可以玩

5. 房東（车，东，乐，练）姓陳（阵，陈）。

fáng dōng　　　　　　xìng chén

大家さんは陳さんです。

✱大家さん／房東

解答

1. 车，乐　2. 东　3. 乐　4. 乐　5. 东，陈

第二組：簡/繁　a 业yè/業　b 亚yà/亞

例：/例如

a 业yè/業：「作业 zuò yè/作業」の「业/業」/宿題

b 亚yà/亞：「亚洲 yà zhōu/亞洲」の「亚/亞」/アジア

第三組：簡/繁　a 为 wèi/為　b 办 bàn/辦

例：/例如

a 为 wèi/為：「因为 yīn wèi/因為」の「为/為」/〜のため、〜の故

b 办 bàn/辦：「办公 bàn gōng/辦公」の「办/辦」/仕事する

句型練習

請把下列句型中紅色繁體字的正確簡體字從括弧中選出來。/赤い繁体字に対して、正しい簡体字を括弧の中から選んで下さい。

1. 比賽結果（比赛结果）得了亞（亚，为，办，业）軍（军）。

bǐ sài jié guǒ　　　　dé le yà　　　　　　　jūn

試合の結果　は　二位　だった。

＊試合/比賽　＊二位/亞軍，第二名

2. 那兒（那儿）有一間（间）辦（亚，为，办，业）公室。

nà r　　　　yǒu yī jiān　　bàn　　　　　　gōng shì

そこ には 事務室<ruby>じ む しつ</ruby> が あります。

＊事務室＝オフィスOffice / 辦公室

3. 工業（为，亚，业，办）大樓（大楼）和 辦（亚，为，业，办）公大樓（大楼），

gōng yè　　　　　　dà lóu　　hé bàn　　　　　　gōng dà lóu

你要租哪一種（种）？

nǐ yào zū nǎ yī zhǒng？

工業<ruby>こうぎょう</ruby>ビル と 商業<ruby>しょうぎょう</ruby>ビル と、どちら を 借<ruby>か</ruby>りたいですか。

＊ビル / 大樓　　＊借りる / 借租

4. 為（办，亚，业，为）什麼為（业，亚，为，办）非作歹。

wèi　　　　　　　shí me wéi　　　　　fēi zuò dǎi

どうして 悪<ruby>わる</ruby>いこと を やり尽<ruby>つ</ruby>くしたの ですか。

＊「為非作歹wéi fēi zuò dǎi」は諺です。「為wéi」は「する」という意味<ruby>い み</ruby>です。「非fēi、歹dǎi」

は「悪<ruby>わる</ruby>いこと、不正<ruby>ふ せい</ruby>な行為<ruby>こう い</ruby>」という意味<ruby>い み</ruby>です。 / 為非作歹是句諺語，"為"是"做"的意

思。"歹、惡"是"不好的事、不正的行為"的意思。

＊やり尽くす / 做盡

5. 這棟樓（这栋楼）名叫亞（亚，为，业，办）州商業（亚，业，为，办）大樓（大楼）。

zhè dòng lóu　　míng jiào yà　　　　zhōu shāng yè　　　　　　dà lóu

このビルの名前<ruby>な まえ</ruby> は アジア商業<ruby>しょうぎょう</ruby>ビル です。

解答<ruby>かいとう</ruby>

1. 亚　2. 办　3. 业，办　4. 为，为　5. 亚，业

🎏 MP3 07-07

(5) 破音字pò yīn zì / 一字多音 yī zì duō yīn——1 / 多^{たおんじ}音字（複^{ふくすう}数の発^{はつおん}音がある漢^{かんじ}字）

中^{ちゅうごくご}国語には多^{たおんじ}音字（破音字pò yīn zì / 一字多音 yī zì duō yīn）という同^{おな}じ漢^{かんじ}字でも読^よみ方^{かた}が変^かわる漢^{かんじ}字があります、ここでは四つの多^{たおんじ}音字を紹^{しょうかい}介します。多^{たおんじ}音字は中国語の学^{がくしゅう}習においてとても重^{じゅうよう}要です、同^{おな}じ漢^{かんじ}字でも読^よみ方^{かた}が違^{ちが}えば意^{いみ}味も違^{ちが}います。そのため、漢^{かんじ}字の読^よみ方^{かた}とその意^{いみ}味^{ちゅうい}に注意してください。 / 中文中有所謂破音字pò yīn zì / 一字多音 yī zì duō yīn是指同一漢字有不同的發音讀法，在這裡介紹4個破音字。破音字對中文學習而言很重要，相同的漢字讀音不同就有不同的意思。因此，請注意漢字的讀音及其分別代表的意義。

新^{しんしゅつたんご}出単語：

①〜という / 稱為、叫做…	③変^かわる / 改變、變化、變動
②読^よみ方^{かた} / 念法	④〜において / 對……而言，在…方面（JLPT2級重點句型）

A 第一組：相 / aㄒㄧㄤ xiāng　bㄒㄧㄤˋ xiàng

a 相xiāng →互相<u>hù xiāng</u> / お互^{たが}いに

　　　　 互相幫忙（互相帮忙）<u>hù xiāng bāng máng</u> / （諺）持^もちつ持^もたれつ

　　　　 互相掩飾（互相掩饰）<u>hù xiāng yǎn shì</u> / お互^{たが}いにカバーする

b 相xiàng →照相 zhào xiàng / 写^{しゃしん}真を撮^とる

　　　　 照相機（照相机）zhào xiàng jī / カメラ

B 第二組：樂（乐）/ aㄩㄝˋ yuè　bㄌㄜˋ lè

a 樂（乐yuè）→音樂（音乐）<u>yīn yuè</u> / 音^{おんがく}楽

　　　　　樂器（乐器）<u>yuè qì</u> / 楽器

b 樂（乐lè）→快樂（快乐）<u>kuài lè</u> / 楽、楽しい

　　　　　樂在其中（乐在其中）<u>lè zài qí zhōng</u> / 一　に夢中

C第三組：个（个）/ a ㄍㄜˇ gě　b ㄍㄜ ge　c ㄍㄜˋ gè

a 個（个<u>gě</u>）→自個兒（自个儿）<u>zì gě r</u> / 自分

b 個ge（个<u>gè</u>）→一個<u>yī ge</u>（一个 <u>yī gè</u>）/ ものを数える時、繁体字の「個」は軽声の「・ㄍㄜ」（ge）」と発声します。一方、簡体字は四声「ㄍㄜˋ（gè）」と発音します。読み方に注意してください。/ 當數物品時，繁體字的"個"發輕音。另一方面，簡體字卻發四聲。要注意其發音。

　　✱数える / 數數兒　　✱一方 / 另一方面（JLPT2級重點句型）

c 個（个<u>gè</u>）→個人物品（个人物品）<u>gè rén wù pǐn</u> / 個人的なもの

　　✱個人的（形動だ）/ 個人的，私人的

D第四組：為（为）/ a ㄨㄟˊ wéi　b ㄨㄟˋ wèi

a 為（为wéi）→為非作歹（为非作歹）<u>wéi fēi zuò dǎi</u> / 悪い事をやり尽くす

　　✱やり尽くす / 做盡……

　　　　　為首（为首）<u>wéi shǒu</u> / ～を始め

　　　　　為難（为难）<u>wéi nán</u> / 困る

b 為（为wèi）→因為（因为）<u>yīn wèi</u> / ～のため、～の故

　　　　　為什麼（为什么）<u>wèi shén me</u> / なぜ、どうして

句型練習

（中）次の文の＿＿★＿＿に入る最も適切なものを、1，2，3，4から一つ選んでください。
/ 請從下列四個解答中選出最適合＿＿★＿＿位置的解答。

（日）日本の方は中国語を読んでみてください。

1. (　　) 時間____ ____ ★ ____ません。
　　①ので　②が　③いけ　④ない
　　因為沒時間所以無法去。

2. (　　) せんせいは____ ____ ____ ____ました。
　　①の　②こじん　③ひらき　④おんがく えんそうかいを
　　老師辦個人的音樂演奏會了。

3. (　　) 困っているとき、____ ____ ____ ____ましょう。
　　①のりこえ　②なんかんを　③たすけあって　④おたがいに
　　有困難時，互相幫助跨越難關吧！

4. (　　) もし____ ____ ____ ★ ます。
　　①なったら　②困り　③ふうに　④こんな
　　假如變那樣會很為難。

5. (　　) ここ____ ★ ____ ____ましょう。
　　①を　②で　③とり　④しゃしん
　　在這兒照張相片吧！

6. (　　) これは____ ★ ____ ____ ____です。
　　①にかかわること　②なので　③ノーコメント　④プライバシー
　　這攸關個人隱私所以不便回答。

7. (　　) じぶん____ ____ ★ ____ます。
　　①じぶんで　②きめ　③ことは　④の
　　自己的事自己決定。

8. (　　) 肉まんは____ ★ ____ ____ ____ しまいました。
　　①ぜんぶ　②のこさずに　③ひとつも　④たべて
　　肉包一個也不剩全部吃光光。

解答

1. （ ① ）時間＿＿＿＿＿　＿＿＿＿＿　★＿＿＿＿＿　＿＿＿＿＿ません。

①ので　②が　③いけ　④ない

時間	が	ない	ので	行け	ません。
0	②	④	①	③	5

因為	沒	時間	所以	無法	去。
①	④	0	①	5	③

因为	没	时间，	所以	无法	去。
yīn wèi	méi	shí jiān	suǒ yǐ	wú fǎ	qù

＊行く／去，行ける／能去（可能動詞），行けません／無法去，不能去

2. （ ② ）せんせいは　★＿＿＿＿＿　＿＿＿＿＿　＿＿＿＿＿　＿＿＿＿＿ました。

①の　②こじん　③ひらき　④おんがくえんそうかいを

先生	は	個人	の	音楽演奏会	を	開き	ました。
0		②	①	④		③	5

老師	辦	個人	的	音樂演奏會	了。
0	③	②	①	④	5

老師	办	个人	的	音乐演奏会	了。
lǎo shī	bàn	gè rén	de	yīn yuè yǎn zòu huì	le

3. （ ④ ）困っているとき、　★＿＿＿＿＿　＿＿＿＿＿　＿＿＿＿＿　＿＿＿＿＿ましょう。

①のりこえ　②なんかんを　③たすけあって　④おたがいに

困っているとき、	お互いに	助け合って	難関を	乗り越え	ましょう。
0	④	③	②	①	5

有困難時，	互相	幫助	跨越	難關	吧！
0	④	③	①	②	5

有困难时，	互相	帮助	跨越	难关	吧！
yǒu kùn nán shí	hù xiāng	bāng zhù	kuà yè	nán guān	ba

＊困る／難過，為難，苦惱　＊助け合う／互相幫助　＊乗り越える／跨过，越过

4.（②）もし＿＿＿＿ ＿＿＿＿ ＿＿＿＿ ★＿＿＿ます。
　　①なったら　②こまり　③ふうに　④そんな

もし	そんな	ふうに	なったら	困り	ます。
0	④	③	①	②	5
假如	變	那樣	會很為難。		
0	①	④③	②5		
假如	变	那样	会很为难。		
jiǎ rú	biàn	nà yàng	huì hěn wéi nán		

5.（④）ここ＿＿＿＿ ＿＿★＿＿ ＿＿＿＿ ＿＿＿＿ましょう。
　　①を　②で　③とり　④しゃしん

ここ	で	写真	を	撮り	ましょう。
0	②	④	①	③	5
在	這兒	照張	相片	吧！	
②	0	③	④	5	
在	这儿	照张	相片	吧！	
zài	zhè r	zhào zhāng	xiàng piàn	ba	

＊写真／照片　＊撮る／照相

6.（④）これは＿＿★＿ ＿＿＿＿ ＿＿＿＿ ＿＿＿＿です。
　　①にかかわること　②なので　③ノーコメント　④プライバシー

これは	プライバシー	に関わること	なので	ノーコメント	です。
0	④	①	②	③	5
這	攸關	個人隱私	所以	不便回答。	
0	①	④	②	③	
这	攸关	个人隐私	所以	不便回答。	
zhè	yōu guān	gè rén yǐn sī	suǒ yǐ	bù bian huí dá	

＊プライバシー／個人隱私，私生活　＊に関わる／攸關，相關（日檢2級重點文型）

＊ノーコメント／不便回答，無可奉告，不予置評

7.（①）じぶん_____ _____ ___★___ _____ます。

　　①じぶんで　②きめ　③ことは　④の

　　自分　　の　　ことは　　自分で　　決め　ます。

　　0　　　④　　③　　　　①　　　　②　　　5

　　自個兒　的　　事　　自個兒　決定。

　　0　　　④　　③　　　①　　　②5

　　自个儿　的　　事　　自个儿　决定。

　　zì gě r　de　shì　　zì gě r　jué dìng

8.（③）肉まんは___★___ _____ _____ _____しまいました。

　　①ぜんぶ　②のこさずに　③ひとつも　④たべて

　　肉まんは　一つも　　残さずに　　全部　　食べて　しまいました。

　　0　　　　③　　　　②　　　　①　　　④　　　　5

　　肉包　　一個也　　不剩　　全部　　吃　　　光光。

　　0　　　　③　　　　②　　　　①　　　④　　　5

　　肉包　　一个也　　不剩　　全部　　吃　　　光光。

　　ròu bāo　yī ge（gè）yě　bù shèng　quán bù　chī　　guāng guāng

　　＊肉まん／肉包　＊～て しまいました／～光了、～完了

 MP3 08-01

第八課
這兒是哪兒？
ここはどこですか。

（一）生字 shēng zì／新出単語 しんしゅつたんご

繁體字 fán tǐ zì	简体字 jiǎn tǐ zì 汉语拼音 hàn yǔ pīn yīn	日本語 にほんご
1. 這兒	这儿 zhè r	ここ、こちら
2. 這裡	这里 zhè lǐ	ここ、こちら
3. 那兒，那裡	那儿，那里 nà r，nà lǐ	そこ、あそこ、そちら、あちら
4. 哪兒，哪裡	哪儿，哪里 nǎ r，nǎ lǐ	どこ、どちら
5. 對面	对面 duì miàn	向こう む
6. 旁邊	旁边 páng biān	そばに
7. 左邊	左边 zuǒ biān	左側 ひだりがわ
8. 右邊	右边 yòu biān	右側 みぎがわ
9. 學校	学校 xué xiào	学校 がっこう
10. 小學	小学 xiǎo xué	小学校 しょうがっこう
11. 中學	中学 zhōng xué	中学校 ちゅうがっこう
12. 高中	高中 gāo zhōng	高校（高等学校）こうこう こうとうがっこう
13. 大學	大学 dà xué	大学 だいがく
14. 大專	大专 dà zhuān	短大、専門学校 たんだい せんもんがっこう
15. 工廠	工厂 gōng chǎng	工場 こうじょう

16. 公園	公园 gōng yuán	公園 こうえん
17. 操場	操场 cāo chǎng	運動 場 うんどうじょう
18. 教室	教室 jiào shì	教 室 きょうしつ
19. 停車場	停车场 tíng chē chǎng	駐 車 場 ちゅうしゃじょう
20. 銀行	银行 yín háng	銀行 ぎんこう
21. 醫院	医院 yī yuàn	病 院 びょういん
22. 百貨公司	百 货 公 司 bǎi huò gōng sī	デパート
23. 商店	商店 shāng diàn	店 みせ
24. 商場	商场 shāng chǎng	ショッピングセンター
25. 攤販	摊贩 tān fàn	屋台 やたい
26. 夜市	夜市 yè shì	夜市 よいち
27. 菜市場	菜市场 cài shì chǎng	市場 いちば
28. 洗衣店	洗衣店 xǐ yī diàn	クリーニング屋 や
29. 乾洗	干洗 gān xǐ	ドライクリーニング
30. 加油站	加油站 jiā yóu zhàn	ガソリンスタンド
31. 藥局	药局 yào jú	薬 局 やっきょく
32. 西門町，西區	西门町 xī mén dīng，西区 xī qū	西門町、西区（中華路の辺り） せいもんちょう せいく ちゅうかろ あた
33. 東區	东区 dōng qū	東区（忠孝東路四丁目の辺り） とうく ちゅうこうとうろ よんちょうめ あた
34. 買賣	买卖 mǎi mài	商 品売買 しょうひんばいばい
35. 市公所	市公所 shì gōng suǒ	市役所 しやくしょ
36. 機場	机场 jī chǎng	空港 くうこう

37. 餐廳	餐厅 cān tīng	レストラン
38. 化粧室	化妆室 huà zhuāng shì	トイレ、化粧室（トイレの丁寧な言い方）
39. 廁所	厕所 cè suǒ	トイレ
40. 電影院	电影院 diàn yǐng yuàn	映画館

＊日文的"中"有（音読み）中、中，（訓読み）中三種讀法。①～中／全部，整一。例：世界中／全世界，一晚中／整晚，部屋中／整個房間。②～中～在…裏，正在…。例：今月中/在本月裏，勉強中／K書中。③中／～裏，～內。部屋の中/房間裏。（日檢4、5級重點字型）

MP3 08-02

（二）文型 wén xíng／文型

繁體字 fán tǐ zì			日本語
简体字 / 漢語拼音 jiǎn tǐ zì hàn yǔ pīn yīn			
1. 這裡 是 哪裡？			ここ は どこ ですか。
这里 是 哪里？			
zhè lǐ shì nǎ lǐ			
2. 那裡 是 公園。			そこ は 公園 です。
那里 是 公园。			
nà lǐ shì gōng yuán			
3. 那裡 是 哪裡？			そこ は どこ ですか。
那里 是 哪里？			
nà lǐ shì nǎ lǐ			
4. 這裡 是 百貨公司。			ここは デパート です。
这里 是 百货公司。			
zhè lǐ shì bǎi huò gōng sī			

5. 銀行　　在　　哪兒？ 　　銀行　　在　　哪儿？ 　　yín háng zài　nǎ r	銀行 は どこ ですか。
6. 銀行　　在　公園　　的　左邊。 　　銀行　　在 公园　　的　左边。 　　yín háng zài gōng yuán de zuǒ biān	銀行 は 公園 の 左側 に あります。 *に / 靜態場所的助詞，表人、事物存在的場所　*ある（常）あります（敬）/ 無情物，無生命的存在
7. 學校　　在　哪兒？ 　　学校　　在　哪儿？ 　　xué xiào zài　nǎ r？	学校 は どこ ですか。
8. 在　餐廳　的　對面。 　　在　餐厅　的　对面。 　　zài　cān tīng de duì miàn。	レストラン の 向こう に あります。
9. 學校　裏有　操場　　和　教室。 　　学校　里有　操場　　和　教室。 　　xué xiào lǐ yǒu cāo chǎng hé jiào shì	学校 には 運動場 と 教室 が あります。 *～には / ～裏　*～と～ / ～和～
10. 老師　和　學生們　　在　教室。 　　老师　和　学生们　　在　教室。 　　lǎo shī hé xué shēng men zài jiào shì	先生 と 生徒達 は 教室 に います。 *いる（常）います（敬）/ 有情物，有生命的存在
11. 爸爸　在　公司？還是在　工廠？ 　　爸爸　在　公司？ 　　bà ba　zài　gōng sī 　　还是　在　工厂？ 　　hái shì zài　gōng chǎng	お父さん は 会社 に いますか、工場 に いますか。（二選一，正確選出即可）
12. 爸爸　在　工廠。 　　爸爸　在　工厂。 　　bà ba　zài　gōng chǎng	父 は 工場 に います。

13. 媽媽 在 市場？還是在 商場？ 妈妈 在 市场? mā ma zài shì chǎng 还是 在 商场? hái shì zài shāng chǎng	お母<ruby>かあ</ruby>さん は 市場<ruby>いちば</ruby> に いますか、ショピングセンター に いますか。 （二選一，正確選出即可）
14. 媽媽 在 超市 買 日用品。 妈妈 在 超市 买 日用品。 mā ma zà chāo shì mǎi rì yòng pǐn	母<ruby>はは</ruby> は スーパー で 日用品<ruby>にちようひん</ruby> を 買<ruby>か</ruby>います。（在～買～，動態場所） ＊表動作進行的動態場所其助詞為で，～で～（動作）/ 在XX場所做XX事
15. 夜市 裡 有賣 什麼？ 夜市 里 有卖 什么? yè shì lǐ yǒu mài shén me	夜市<ruby>よいち</ruby> で 何<ruby>なに</ruby> を 売<ruby>う</ruby>っていますか。 （在～賣～，助詞為動態場所で）
16. 有賣 吃的啦、穿的啦、玩的 等等。 有卖 吃的啦、穿的啦、玩的 等等。 yǒu mài chī de lā，chuān de lā，wán de děng děng	食<ruby>た</ruby>べるものとか、着<ruby>き</ruby>るものとか、おもちゃ など を 売<ruby>う</ruby>っています。 ＊一とか一とか一など/一啦，一啦一等等，列舉的表現
17. 你 買了 什麼？ 你 买了 什么? nǐ mǎi le shén me	あなた は 何<ruby>なに</ruby> を 買<ruby>か</ruby>いましたか。 （動詞過去式疑問）
18. 我 買了 吃的。 我 买了 吃的。 wǒ mǎi le chī de	わたし は 食<ruby>た</ruby>べるもの を 買<ruby>か</ruby>いました。（動詞過去式）
22. 書店 —的— 內 有賣 鉛筆啦、鋼筆啦、筆記本 等等。 书店 —的— 内 有卖 铅笔啦、钢笔啦、笔记本 等等。shū diàn —de— nèi yǒu mài qiān bǐ lā、gāng bǐ lā、bǐ jì běn děng děng	本屋<ruby>ほんや</ruby>さん の 中<ruby>なか</ruby> で、鉛筆<ruby>えんぴつ</ruby>とか、万年筆<ruby>まんねんひつ</ruby>とか、ノート など を 売<ruby>う</ruby>っています。（動態場所）（～列舉） ＊売る / 賣

23. 學生們　在　書店　(做)　買東西。 学生们　在　书店　(做)　买东西。 xué shēng men　zài　shū diàn　(zuò)　mǎi dōng xi	学生たち　は　本屋さん　で　買い 物します。（動態場所）

MP3 08-03

(三) 文法解釋／文法解 釈

(1) 存在的表現 / 存在の表現

存在の表現法 → ～在～，～有～

> ～在～ / 表存在，靜態場所……表現法1
> （日）　生き物　は　場所　に　います。（XX生物在XX場所）
> 　　　　物　は　場所　に　あります。（XX物品在XX場所）
> ＝（中）（生物・物）　　在　　場所

例：＊（日）先生　は　教室　にいます。
　　（中）老師　在　教室。
　　　　老师　在　教室。
　　　　lǎo shī　zài　jiào shì

　＊（日）ボール　は　箱の中　に　あります。
　　（中）　球　在　盒子裡。
　　　　　球　在　盒子里。
　　　　qiú　zài　hé zi lǐ

> ～有～ / 表存在，靜態場所……表現法2
> （日）場所　に　生き物　が　います。（在XX場所有XX生物存在）
> 　　　場所　に　物　が　あります。（在XX場所有XX物品存在）
> ＝（中）場所　　有　　（生物・物）

例：＊（日）教室 に 人 が います。

　　（中）教室裡　　有　人。

　　　　　教室里　　有　人。

　　　　　jiào shì lǐ　yǒu　rén

　＊（日）箱の中　に　　果物　が　あります。

　　（中）盒子裡　　有　　水果。

　　　　　盒子里　　有　　水果。

　　　　　hé zi lǐ　yǒu　shuǐ guǒ

※他の例 / 其他的例

例1：（日）父　　　　は　　会社に　います。

　　（中）爸爸　　　在　　公司。

　　　　　bà ba　　　zài　　gōng sī

　　　　（人）　（います）　（場所）

例2：（日）鉛筆　　　　は　　　筆箱　に　あります。

　　（中）鉛筆　　　在　　　鉛筆盒裡。

　　　　　铅笔　　　在　　　铅笔盒里。

　　　　　qiān bǐ　　zài　　qiān bǐ hé lǐ

　　　　（物）　（あります）　（場所）

例3：（日）箱の中　　　に　　　猫　が　います。

　　（中）盒子裡　　　有　　　小貓。

　　　　　盒子里　　　有　　　小猫。

　　　　　hé zi lǐ　　yǒu　　xiǎo māo

　　　　（場所）　（います）　（生き物）

例4：（日）教室の中　　　に　　　机といす　が　あります。

　　（中）教室裡　　　有　　　桌椅。

　　　　　教室里　　　有　　　桌椅。

　　　　　jiào shì lǐ　　yǒu　　zhuō yǐ

　　　　（場所）　（あります）　（物）

※ 中国語で生き物や物の存在を表現する時は、すべて「在zài / いる、ある」または「有yǒu / いる、ある」で表現します。 / 以中國話來說，表生物或物品存在時，全部是以"在zài / いる、ある"或"有yǒu / いる、ある"來表現。

※ 中国語の「〜有yǒu、〜在zài / いる、ある」、「〜是shì〜 / です」、「〜不是bù shì / ではありません」はすべて文の中に置きますが、日本語の「いる、ある / 有、在」、「です / 是」、「ではありません / 不是」は、すべて文の一番後ろにつけます。この点は中国語と日本語の語順は異なります。 / 中國話的"〜有yǒu、〜在zài / いる、ある"、"〜是shì〜 / です"、"〜不是bù shì〜 / ではありません"全放於句中，而日文則放句尾。這點中日的語順不同。

新出単語：

＊すべて / 所有，一切

句型練習　（言葉の練習）唸唸看 / 読んでみましょう

※ 把〜有yǒu〜的句型改換成〜在zài〜的句型練習 / 〜有yǒu〜の文型を〜在 zài〜の文型に置き替える練習。

1. うちの近く　に　学校　が　あります。

　我家附近　　有　　學校。

　我家附近　　有　　学校。

　wǒ jiā fù jìn　　yǒu　　xué xiào

＝　学校　　は　うちの近く　に　あります。

　　學校　　在　我家附近。

　　学校　　在　我家附近。

　　xué xiào　　zài　　wǒ jiā fù jìn

2. 交番　　　　　　　の　向こう　に　　駅　が　あります。
　　警察局　　　　　　的　對面　有　捷運站。
　　公安局　　　　　　的　对面　有　捷运站。
　　jǐng chá jú（gōng ān jú）　de　duì miàn　yǒu　jié yùn zhàn

　＝　駅　　は　　　　交番　　　の　向こう　に　あります。
　　　捷運站　　在　　警察局　　的　對面。
　　　捷运站　　在　　公安局　　的　对面。
　　　jié yùn zhàn　zài　jǐng chá jú（gōng ān jú）　de　duì miàn

　＊交番 / 警察局（公安局）　＊駅 / 捷運站

3. 冷蔵庫の中　に　アイスクリーム　が　あります。
　　　冰箱裡　　有　　冰淇淋。
　　　冰箱里　　有　　冰激凌。
　　bīng xiāng lǐ　yǒu　bīng qí lín（bīng jī líng）

　＝　アイスクリーム　　は　冷蔵庫の中　に　あります。
　　　冰淇淋　　　　在　　冰箱裡。
　　　冰激凌　　　　在　　冰箱里。
　　bīng qí lín（bīng jī líng）　zài　bīng xiāng lǐ

　＊冷蔵庫 / 冰箱　＊アイスクリーム / 冰淇淋

4. 車の中　に　子供　がいます。
　　車內　有　兒童。
　　车内　有　儿童。
　　chē nèi　yǒu　ér tóng

　＝子供　は　車の中　にいます。
　　兒童　在　車內。
　　儿童　在　车内。
　　ér tóng　zài　chē nèi

　＊子供 / 兒童、小孩

5. 公園の中　　で　　子供たち　　　　　　が　　遊んでいます。

公園裡　　有　　小朋友們　　　　　在玩。（ing）

公园里　　有　　小朋友们　　　　　在玩。（ing）

gōng yuán lǐ　yǒu　xiǎo péng yǒu（you）men　zài wán

＝　　子供たち　　　　　は　公園の中　で　遊んでいます。

小朋友們　　　　　在　　公園裡　玩著。（ing）

小朋友们　　　　　在　　公园里　玩着。（ing）

xiǎo péng yǒu（you）men　　zài　　gōng yuán lǐ　　　　　wán zhe

＊遊ぶ／玩

句型練習

（中）次の文の＿＿★＿＿に入る最も適切なものを、1，2，3，4から一つ選んでください。／請
從下列四個解答中選出最適合＿＿★＿＿位置的解答。
（日）日本の方は中国語を読んでみてください

1. （　　）がっこう＿＿＿　＿＿＿　＿★＿　＿＿＿あります。
　　　①が　②のむこう　③レストラン　④に
　　　學校的對面有餐廳。

2. （　　）ショッピングセンター は＿＿＿　＿＿＿　＿＿＿　＿★＿あります。
　　　①の　②えいがかん　③みぎがわ　④に
　　　商場在電影院的右邊。

3. （　　）箱のなか＿★＿　＿＿＿　＿＿＿　＿＿＿があります。
　　　①りんご　②に　③みかん　④と
　　　盒子內有蘋果和橘子。

4. （　　）ほんや＿★＿　＿＿＿　＿＿＿　＿＿＿います。
　　　①をうって　②ほんや　③で　④けしごむなど

書店有賣書及橡皮擦等等。

5.（　）すみません、＿＿＿ ＿＿＿ ＿＿＿ ＿★＿ ありますか。

①に　②このちかく　③トイレ　④が

請問這附近有廁所嗎？（请问这附近有厕所吗？）

解答

1.（　④　）がっこう＿＿＿ ＿＿＿ ＿★＿ ＿＿＿が あります。

①の　②むこう　③レストラン　④に

学校	の	向こう	に	レストラン	が	あります。
0	①	②	④	③		5
學校	的	對面	有	餐廳。		
0	①	②	④5	③		
学校	的	对面	有	餐厅。		
xué xiào	de	duì miàn	yǒu	cān tīng		

＊レストラン／餐廳

2.（　④　）ショッピングセンター は＿＿＿ ＿＿＿ ＿＿＿ ＿★＿ありbr ます。

①の　②えいがかん　③みぎがわ　④に

ショッピングセンター	は	映画館	の	右側	に	あります。
0		②	①	③	④	5
商場	在	電影院	的	右邊。		
0	④5	②	①	③		
商场	在	电影院	的	右边。		
shāng chǎng	zài	diàn yǐng yuàn	de	yòu biān		

＊ショッピングセンター／商場

3.（　②　）箱のなか＿＿＿★＿＿＿　＿＿＿＿　＿＿＿＿　＿＿＿＿があります。

①りんご　②に　③みかん　④と

箱の中　に　りんご　と　みかん　が　あります。

0　　　②　　①　　④　　③　　　　5

盒子裡　有　蘋果　和　橘子。

0　　②5　①　　④　　③

盒子里　有　苹果　和　橘子。

hé zi lǐ　yǒu　pín guǒ　hé　jú zi

＊りんご／蘋果　＊みかん／橘子

4.（　③　）ほんや＿＿＿★＿＿＿　＿＿＿＿　＿＿＿＿　＿＿＿＿います。

①をうって　②ほんや　③で　④けしごむなど

本屋　で　本や　消しゴム　など　を　売って　います。

0　　③　　②　　④　　　　①　　5

在　書店　有賣　書及　橡皮擦　等等。

③　　0　　5①　　②　　④

在　书店　有卖　书及　橡皮擦　等等。

zài　shū diàn　yǒu mài　shū jí　xiàng pí cā　děng děng

＊けしごむ／橡皮擦　＊Vています／在此是表持續的狀態

5.（　②　）すみません、＿＿＿＿　＿＿＿＿　＿＿＿＿　★＿＿＿ますか。

①に　②があり　③トイレ　④このちかく

すみません、この近く　に　トイレ　が　あり　ますか。

0　　　④　　①　　③　　②　　5

請問　這附近　有　廁所　嗎？

0　　④　①②　③　　5

请问　这附近　有　厕所　吗？

qǐng wèn　zhè fù jìn　yǒu　cè suǒ　ma

＊近い／附近　＊トイレ（化粧室）／廁所

MP3 08-04

(2) 簡體字相似字單元──2／簡体字において似ている字──2

ここでは簡体字において似ている四つの漢字を紹介します。／在此處介紹四個字型相似的簡體字。

①買（买mǎi）／買う	②賣（卖mài）／売る
③頭（头tóu）／あたま、始め	④實（实shí）／本当に

＊做買賣。（做买卖zuò mǎi mài）／商売をする。

＊"做買賣"也可說為"做生意"。／「做買賣（做买卖）」は、「做＋生意zuò ＋ shēng yì」と言うこともできます。

买卖mǎi màiイコール→生意shēng yì／商品売買

＊買東西（买东西mǎi dōng xi）／ものを買う

＊賣東西（卖东西mài dōng xi）／ものを売る

＊買賣可分開表現。／「買う／買（买 mǎi）」と「売る／賣（卖 mài）」は別々に使うこともできます。

＊頭髮（头发tóu fǎ (fà)）／髪の毛

＊頭期款（头期款tóu qí (qī) kuǎn）／頭金

＊實用（实用shí yòng）／実用

＊實際（实际shí jì）／実際

＊老實人（老实人lǎo shí rén）／正直な人

句型練習

※以下句型請把紅字部份正確答案選出來。／赤い繁体字に対して、正しい簡体字を括弧の中から選んで下さい。

1. 母（はは）は　果物（くだもの）を　買（か）います。
   媽媽（妈妈）　買（买，卖，实，头）　水果。
   mā ma　　　măi　　　　　　shuǐ guǒ

2. おばさん　は　果物（くだもの）を　売（う）っています。
   阿姨　　賣（买，实，头，卖）　水果。
   ā yí　　mài　　　　　　shuǐ guǒ

3. おばさんの店（みせ）で　売（う）っている果物（くだもの）は本当（ほんとう）に甘（あま）い　です。
   阿姨店裡　　賣（买，实，卖，头）　　的 水果　實（头，卖，实，买）在　甜。
   ā yí diàn lǐ　　mài　　　　　　　de shuǐ guǒ　shí　　　　　　zài　tián。
   ＊本当／實在，真的　　＊甘い／甜

4. 正直（しょうじき）に　商売（しょうばい）をすること　が　一番重要（いちばんじゅうよう）　です。
   做買（买，卖，实，头）賣（卖，头，买，实）實（买，实，头，卖）在　最重要。
   zuò măi　　　　　mài　　　　　　　shí　　　　　zài　zuì zhòng yào
   ＊正直／實在，老實

5. 頭（あたま）が　痛（いた）い　です。
   頭　（买，卖，实，头）　好痛。
   tóu　　　　　　　　　hǎo tòng

 解答（かいとう）

1. 买　2. 卖　3. 卖，实　4. 买，卖，实　5. 头

MP3 09-01

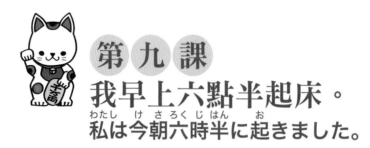

第九課

我早上六點半起床。

私は今朝六時半に起きました。

(一)生字shēng zì／新出単語

繁體字fán tǐ zì	简体字jiǎn tǐ zì 汉语拼音hàn yǔ pīn yīn	日本語
1. 早上	早上 zǎo shàng	朝
2. 中午	中午 zhōng wǔ	昼
3. 晚上	晚上 wǎn shàng	夜
4. 上午	上午 shàng wǔ	午前
5. 下午	下午 xià wǔ	午後
6. 今天	今天 jīn tiān	今日
7. 明天	明天 míng tiān	明日
8. 後天	后天 hòu tiān	明後日
9. 大後天	大后天 dà hòu tiān	しあさって
10. 下週	下周 xià zhōu	来週
11. 昨晚	昨晚 zuó wǎn	ゆうべ
12. 昨天	昨天 zuó tiān	昨日
13. 前天	前天 qián tiān	おととい
14. 大前天	大前天 dà qián tiān	さきおととい
15. ～小時前	～小时前 xiǎo shí qián	～時間前

16. ～小時後	～小时后 xiǎo shí hòu	～時間後
17. ～個小時	～个小时 ge（gè）xiǎo shí	～時間
18. ～點	～点 diǎn	～時
19. 一點	一点 yī diǎn	一時
20. 兩點	两点 liǎng diǎn	二時
21. 三點	三点 sān diǎn	三時
22. 四點	四点 sì diǎn	四時
23. 五點	五点 wǔ diǎn	五時
24. 六點	六点 liù diǎn	六時
25. 七點	七点 qī diǎn	七時
26. 八點	八点 bā diǎn	八時
27. 九點	九点 jiǔ diǎn	九時
28. 十點	十点 shí diǎn	十時
29. 十一點	十一点 shí yī diǎn	十一時
30. 十二點	十二点 shí èr diǎn	十二時
31. 幾點	几点 jǐ diǎn	何時
32. 什麼時候，何時	什么时候 shén me shí hòu 何时 hé shí	いつ
33. 二十四小時	二十四小时 èr shí sì xiǎo shí	二十四時間
34. ～分	～分 fēn	一分
35. ～點三十分，～點半	～点三十分 diǎn sān shí fēn，～点半 diǎn bàn	～時三十分（一時半）

36. ～分前	～分前fēn qián	一分前
37. 再過～分	再过zài guò～分fēn	一分過ぎ
38. 開會	开会kāi huì	会議を開く
39. ～人會 ～事	～人会rén huì～事shì	人は一が出来る
40. 一會兒	一会儿yī huǐ（huì）r	まもなく、あっという間に
41. 會計	会计kuài jì	会計
42. 算帳，算錢	算账suàn zhàng，算钱suàn qián	勘定
43. 真辛苦，真糟糕	真辛苦zhēn xīn kǔ 真糟糕zhēn zāo gāo	大変ですね
44. 糟糕	糟糕 zāo gāo	しまった！、やばい！
45. 便利商店	便利商店 biàn lì shāng diàn	コンビニエンスストア
46. 打工	打工 dǎ gōng	アルバイト
47. 兼職	兼职 jiān zhí	兼業
48. 已經	已经 yǐ jīng	もう一、既に
49. 還沒	还没hái méi	まだ一ません
50. ～在（做）～	～在做～ zài zuò	一をしている
51. 上班	上班shàng bān	出勤する
52. 上學	上学shàng xué	通学する
53. 吃飯	吃饭chī fàn	ご飯を食べる
54. 洗臉，刷牙	洗脸xǐ liǎn 刷牙shuā yá	顔を洗う、歯を磨く

55. 起床	起床 qǐ chuáng	起きる
56. 搭公車	搭公交车 dā gōng jiāo chē	バスに乗る
57. 上課	上课 shàng kè	授業をする
58. 下課	下课 xià kè	授業が終わる
59. 下班	下班 xià bān	退勤する、退社する
60. 加班	加班 jiā bān	残業する
61. 營業	营业 yíng yè	営業する
62. 從～到～	从 cóng ～到 dào～	～から～まで
63. 公休	公休 gōng xiū	定休日、公休日
64. 來不及	来不及 lái bù jí	間に合わない

MP3 09-02

(二)文型 wén xíng／文型

繁體字 fán tǐ zì	日本語
简体字 / 漢語拼音 jiǎn tǐ zì hàn yǔ pīn yīn	
1. 現在　　幾點（幾分）？ 現在　　几点（几分）？ xiàn zài jǐ diǎn（jǐ fēn）	今　何時　（何分）ですか。
2. 再　過　五分　八點。 再　过　五分　八点。 zài guò wǔ fēn bā diǎn	八時　五分　前 です。（7：55）

3. 現在　七點　五十五　分。 現在　七点　五十五　分。 xiàn zài qī diǎn wǔ shí wǔ fēn	今 七時 五十五分 です。
4. 本店 的 營業時間 從 早上 十點半 到 晚上 九點。 本店 的 营业时间 从 早上 十点半 到 晚上 九点。 běn diàn de yíng yè shí jiān cóng zǎo shàng shí diǎn bàn dào wǎn shàng jiǔ diǎn	本店 の 営業時間 は 朝 十時半 から 夜 九時 まで です。
5. 營業時間 從 早上 十點半 起。 营业时间 从 早上 十点半 起。 yíng yè shí jiān cóng zǎo shàng shí diǎn bàn qǐ	営業時間 は 朝 十時半 から 始まり ます。
6. 到　晚上　九點　止。 到　晚上　九点　止。 dào wǎn shàng jiǔ diǎn zhǐ	夜 九時 まで です。
7. 星期一　　公休。 星期一　　公休。 xīng qí（qī）yī gōng xiū	月曜日 は 定休日 です。
8. 真 辛 苦。 真 辛 苦。 zhēn xīn kǔ	大変 ですね。 ＊ね/（終助詞）表示自己的想法及看法
9. 已經　八點　了。 已经　八点　了。 yǐ jīng bā diǎn le	もう 八時 に なりました。
10. 現在　出門 的話，來得及 嗎？ 现在　出门 的话，来得及 吗? xiàn zài chū mén de huà，lái de jí ma	今 出掛け たら、間に合います か。

11. 來得及，我 的 車性能好，跑得快。 来得及，我 的 车性能好，跑得快。 lái de jí，wǒ de chē xìng néng hǎo pǎo de kuài	間に合います。私の車は性能が良くて、スピードが速いです。 ＊スピード / speed速度 ＊大小主語：大主語は小主語が述語
12. 請　注意　行車平安。 请　注意　行车平安。 qǐng zhù yì xíng chē píng ān	安全運転 を して 下さい。
13. 糟糕，　已經　來不及了　怎麼辦？！ 糟糕，　已经　来不及了　怎么办？！ zāo gāo，yǐ jīng lái bù jí le zěn me bàn	しまった！もう 間に合わない、どうしよう。
14. 今天　早上　十點半　開會。 今天　早上　十点半　开会。 jīn tiān zǎo shàng shí diǎn bàn kāi huì	今日 午前 十時半に 会議があります。＊今日、午前同屬時間副詞所以不需に，十時時半是特定的時間要に
15. 報告　寫好了　沒？ 报告 写好了　没? bào gào xiě hǎo le méi	レポート を 書き終えました か。 ＊書き終える /（他動詞）寫好
16. 已經 寫好了，因為我 工作熟，寫得快。 已经 写好了，因为我 工作熟，写得快。 yǐ jīng xiě hǎo le　yīn wèi wǒ gōng zuò shóu　xiě de kuài	もう 書き終えました。私は仕事に慣れているので、レポートを書くのが速い です。
17. 什麼時候　得 交？ 什么时候　得 交? shén me shí hòu dě jiāo	いつ 出さなければなりませんか。
18. 下午　交　就 可以。 下午　交　就 可以。 xià wǔ jiāo jiù kě yǐ	午後　出せば　いいです。

19. 昨晚　　有沒有　　加班？ 昨晚　　有没有　　加班? zuó wǎn　yǒu méi yǒu　jiā bān	昨夜 は 残業 しましたか。
20. 昨晚　沒有加班。但是　今晚　得加班。 昨晚　没有加班。但是　今晚　得加班。 zuó wǎn　méi yǒu jiā bān　dàn shì　jīn wǎn dě jiā bān	昨夜 は 残業しませんでした が、今晩 は 残業し なければなりません。 ＊が＝しかし / 但是
21. 你　弟弟　還沒　畢業　嗎？ 你　弟弟　还没　毕业　吗? nǐ　dì di　hái méi　bì yè　ma	弟さん は まだ 卒業しませんか。
22. 是，他　還是　學生。 是，他　还是　学生。 shì，tā　hái shì　xué shēng	はい、彼 は まだ 学生 です。
23. 他　下課後　在　超市　打工。 他　下课后　在　超市　打工。 tā　xià kè hòu　zài　chāo shì dǎ gōng	彼 は 授業が終わったあと スーパーで アルバイトをしています。 ＊授業が終わったあと＝授業が終わってから / 下課後 ＊ーている / 長時間反覆進行的動作時用，如上班、上學
24. 又　上學　又　打工　真辛苦。 又　上学　又　打工　真辛苦。 yòu shàng xué yòu dǎ gōng zhēn xīn kǔ	学校に 通ったり、アルバイト をしたり、大変 ですね。
25. 他　大學畢業　決定　出國留學。 他　大学毕业　决定　出国留学。 tā dà xué bì yè jué dìng chū guó liú xué	彼 は 卒業後、留学しようと思っています。＊V1意量形う、よう＋と思っている / 決定，打算

MP3 09-03

㊂ 文法解釋wén fǎ jiě shì / 文法解 釈

(1) 有關於時間的表現／ 時間の表現

> (A) もう　〜V2ました。 / 已經（经）……了。

已經（已经 yǐ jīng）イコール→もう

　　　　　了leイコール→〜V2ました

　　　　　　〜V2てしまいました

「已經（已　yǐ jīng）」は「やるべきことが一段落ついた」、「完了した」、「やり終えた」という意味です。 /"已經（已经）"是指"該做的事告一段落了"，"已完成、做好了"的意思。

「已經（已经yǐ jīng）」はすでに終わった、済んだことを意味するので、その後ろに過去形の「了le」を付けます。この場合、「已經（已经）」は文の 最 初に、「了」は文の最後に付けます。 中 国語も日 本語も 語 順は同じです。 / 因為"已經"是指已完成、過去的事，所以其後跟著過去式"了"。這類句型表現時，"已經"放於句首，而"了"則放於字尾。從語順看來中、日是一樣的。

例を挙げて説明します。 / 以下舉例句說明：

例1： もう　食べ　ました。

　　　已經　吃　　了。

　　　已经　吃　　了。

　　　yǐ jīng　chī　　le

例2：もう　読み　ました。

　　　已經　讀　　了。

　　　已经　读　　了。

　　　yǐ jīng　dú　　le

例3： もう　書き終え　ました。

　　　已經　寫好　　了。

　　　已经　写好　　了。

　　　yǐ jīng　xiě hǎo　　le

(B) まだ……しません。/ 還沒（还没）………

還沒（还没 hái méi）……とは「やるべきことをまだやっていない」、或いは「進行中の事がまだ終わらない」ことを意味します。/ 所謂的"還沒"是指該做的事還沒有做，或者進行中的事尚未完成。

還沒（还没hái méi）……中国語では、「還（还hái）/ まだ...」のすぐ後ろに否定形の「沒（没méi）/ ない、ありません」をつけます。中国語の「還沒（还没hái méi）」は文の最初につけますが、日本語の場合、「まだ... / 還（还hái）」は文の最初に、「ない、ありません / 沒（没méi）」は最後につけます。中国語と日本語の語順は異なります。/ "還沒（还没）……"在中文表現上"還（还hái）/ まだ..."的後面一定緊接著中文的否定句"沒（没）/ ない、ありません"。中文的還沒（还没hái méi）放在句子的開端，可是日文"還 / まだ..."放在句子的開始。而"沒（没）/ ない、ありません"則放在句子的最後。中、日語的語順不同。

例1：まだ　食べて　いません。

　　　　還　　沒　　吃。

　　　　还　　没　　吃。

　　　　hái　　méi　　chī

例2：まだ　食べ終えて　いません。

　　　　還　　　沒　　　吃完。

　　　　还　　　没　　　吃完。

　　　　hái　　　méi　　　chī wán

例3：まだ　読んで　いません。

　　　　還　　沒　　讀。

　　　　还　　没　　读。

　　　　hái　　méi　　dú

新出単語：

①動詞V3辭書形＋べき / 應該……（JLPT日檢 1、2級重點文型）	④済む / （事情）終了、結數
②既に / 已經、早就	⑤付ける / 寫下、記下
③終わる / 結束	⑥異なる / 不同、不一樣

(C) その他の時間表現 / 關於其他的時間表現

1. 「～過ぎ」の使い方について

＊（中）過（过guò） イコール→（日）「～過ぎ」、「～を超える」、「超過する」と言う意味です。 / 中文的"過guò"有等於日文的"過～"、"渡過"、"超越"、"超過"等義。

例1： 今　　 四時　 五分　 過ぎ。（過～）

　　　 現在　　 四點　 過　　 五分。

　　　 現在　　 四点　 过　　 五分。

　　　 xiàn zài　 sì diǎn　 guò　 wǔ fēn

例2：いい加減にしなさい。いくら 冗談 でも 言い過ぎ じゃない？（超過）

　　　 要有分寸。　　 即便是　 玩笑話　 不會　 說得太過份　 嗎？

　　　 要有分寸。　　 即便是　 玩笑话　 不会　 说得太过份　 吗?

　　　 yào yǒu fēn cùn　 jí biàn shì　 wán xiào huà　 bù huì　 shuō de tài guò fèn　 ma

＊いい加減 / 適當、恰當，いい加減にしなさい / 要有分寸、適可而止

＊いくら―でも / 即便是……也…、縱使……也…　＊冗談 / 玩笑

2. （日）九時五分前→直訳（中）現（现）在九點（点）五分前

日本語でこの言い方はできますが、中国語に直訳すると不自然です。 / 日文這種說法是可以，可是直接譯成中文是不自然的。

＊「九時五分前」（8：55）は中国語で二つの言い方があります。 / "九點五分前"

（8：55）以中文來說有兩種說法。

① あと　五分（ごふん）　で　九時（くじ）　です。

　　再　五分　九點。

　　再　五分　九点。

　　zài　wǔ fēn　jiǔ diǎn

② 今（いま）　八時（はちじ）　五十五分（ごじゅうごふん）　です。

　　現在　八點　五十五　分。

　　現在　八点　五十五　分。

　　xiàn zài　bā diǎn　wǔ shí wǔ　fēn

その他（た） / 其他例句：

3. 今（いま）　八時（はちじ）　です。

　　現在　八點。

　　現在　八点。

　　xiàn zài　bā diǎn

4. 今（いま）　ちょうど　十時（じゅうじ）　です。

　　現在　剛好　十點。

　　現在　刚好　十点。

　　xiàn zài　gāng hǎo　shí diǎn

5. 今（いま）　三時半（さんじはん）　です。 = 今（いま）　三時（さんじ）　三十分（さんじゅっぷん）　です。

　　現在　三點半。　　　　 = 現在　三點　三十分。

　　現在　三点半。　　　　 = 現在　三点　三十分。

　　xiàn zài　sān diǎn bàn　 = xiàn zài　sān diǎn　sān shí fēn

6. もう　二時（にじ）　になったよ。まだ　書（か）いているの！　まだ　書（か）き終（お）えていない　の？

　　已經　兩點　　　了　　　還 在　寫呀！　還 沒　　寫完　　　嗎？

　　已经　两点　　　了　　　还 在　写呀!　还 没　　写完　　　吗?

　　yǐ jīng　liǎng diǎn　le　　hái zài　xiě ya !　hái　méi　xiě wán　　ma

＊〜よ / 終助詞，用於強調自己的主張、意見、感情、判斷傳達給對方，在此表責難

＊〜の / 終助詞，表輕微的判定或疑問

7. もう　行った　けど。

已經　去過了　可是……。

已经　去过了　可是……。

yǐ jīng　qù guò le　kě shì……

8. まだ　行き　ません。

還　沒　去。

还　没　去。

hái　méi　qù

9. A:どうやら　息子さん　は　もう　一人前　になった　ね。

看來　貴公子　已經　能　獨當一面了　耶。

看来　贵公子　已经　能　独当一面了　耶。

kàn lái　guì gōng zǐ　yǐ jīng　néng　dú dāng yī miàn le　yē

B:いいえ、　まだまだ です。　どうか　息子の力になってください。

哪裡　還沒還沒（還早得很）　請　助小犬一臂之力。

哪裡　還沒還沒（還早得很）　請　助小犬一臂之力。

nǎ lǐ　hái méi hái méi（hái zǎo de hěn）　qǐng　zhù xiǎo quǎn yī bì zhī lì

＊どうやら / 看來……，似乎……，總算……　＊一人前 / 獨當一面

＊力になる / 助一臂之力

句型練習 請在括弧內選出正確答案。/ 括弧の中から正しいものを選んで下さい。

1. 田中さん　は（もう、まだ）帰りました。

2. 宿題　は（もう、まだ）書いていません。

3. （もう、まだ）春になりました。

4. 私は彼のことが（もう、まだ）諦められません。

5. 今（もう、まだ、ちょうど）八時です。

解答

1. 田中さん　は（もう、まだ）帰り　ました。
   田中先生　　　　　已經　　　回家　了。
   田中先生　　　　　已经　　　回家　了。
   tián zhōng xiān sheng　　yǐ jīng　　huí jiā　　le

2. 宿題　　は　　（もう、まだ）書いていません。
   作業　還沒　寫。
   作业　还没　写。
   zuò yè　hái méi　xiě

3. （もう、まだ）　春　　に　なりました。
   已經　　　　　春天　了。
   已经　　　　　春天　了。
   yǐ jīng　　　chūn tiān　le

4. 私は　彼のこと　が（もう、まだ）諦められません。
   我　對他　　　還沒　　　死心。
   我　对他　　　还没　　　死心。
   wǒ　duì ta　　hái méi　　sǐ xīn
   ＊諦める / 死心、斷念

5. 今　（もう、まだ、ちょうど）八時です。
   現在　　　剛好　　　　八點。

現在　　　　　　　剛好　　　　　　八点。
xiàn zài　　　　gāng hǎo　　　　bā diǎn

＊ちょうど / 剛好

🎏 MP3 09-04

(2) 起始：從～開始到～結束為止 / ～から～まで

※從（从cóng）……到dào……→……から……まで
中国語も日本語も、時間だけでなく、場所でも使えます。「時間の距離」或いは
「場所（空間）の距離」を表します。 / 中文和日文都一樣，這不但可用於時間，也可用
於場所。表"時間的距離"或"場所（空間）的距離"。

例：(a) 時間の距離 / 時間的距離

六時　　から　　七時　　まで　です。
從　　六點　　開始　　到　　七點　　結束。
从　　六点　　开始　　到　　七点　　结束。
cóng　liù diǎn　kāi shǐ　dào　qī diǎn　jié shù

＝ 從　　六點　　到　　七點。
从　　六点　　到　　七点。
cóng　liù diǎn　dào　qī diǎn

(b) 場所（空間）の距離 / 場所（空間）的距離
台北　　から　　高雄　　まで　です。
從　　台北　　出發　　到　　高雄　　為止。
从　　台北　　出发　　到　　高雄　　为止。
cóng　tái běi　chū fā　dào　gāo xióng　wéi zhǐ

＝ 從　　台北　　到　　高雄。
从　　台北　　到　　高雄。
cóng　tái běi　dào　gāo xióng

「從（从）cóng / から」…「到dào / まで」……の「從（从）cóng / から」と「到dào / ま

で」は別々に使うことができます。この点は、中国語も日本語も同じです。 / 從……
到……也可分開使用。這點中、日文皆同。

例1：授業 は 七時 から です。

　　　課 從 七點 開始。

　　　课 从 七点 开始。

　　　kè cóng qī diǎn kāi shǐ

例2：バス は 台北 から 出発します。

　　　巴士 從 台北 出發。

　　　巴士 从 台北 出发。

　　　bā shì cóng tái běi chū fā

例3：このバス は 高雄 まで です。

　　　這巴士 到 高雄 為止。

　　　这巴士 到 高雄 为止。

　　　zhè bā shì dào gāo xióng wéi zhǐ

句型練習 以下的句型請（请）把中文翻成日文並唸唸看。 / 次の文を日本語に訳してか
ら読んでみてください。（日）日本の方は中国語を読んでみてください。

1. 會議從上午九點開始到下午五點結束。

2. 舞會從晚上七點半開始。

　＊パーティー / 舞會

3. 舞會到幾點結束？ = 舞會到幾點為止？

4. 中文課從十點開始，到十一點為止，共計一個小時。

　＊共計 / 合わせて

5. 從下午四點左右開始，到晚飯為止念了三小時左右的書。

　＊勉強する / 念書

解答

1. 会議　は　午前　九時　から　午後　五時　まで　です。

会議　從　上午　九點　開始　到　下午　五點　結束。

会议　从　上午　九点　开始　到　下午　五点　结束。

huì yì　cóng　shàng wǔ　jiǔ diǎn　kāi shǐ　dào　xià wǔ　wǔ diǎn　jié shù

2. パーティー　は　夜　七時半　から　です。

舞會　從　晚上　七點半　開始。

舞会　从　晚上　七点半　开始。

wǔ huì　cóng　wǎn shàng　qī diǎn bàn　kāi shǐ

3. パーティー　は　何時　まで　ですか。

舞會　到　幾點　結束？

舞会　到　几点　结束？

wǔ huì　dào　jǐ diǎn　jié shù

= 舞會　到　幾點　為止？

舞会　到　几点　为止？

wǔ huì　dào　jǐ diǎn　wéi zhǐ

4. 中国語の授業　は　九時　から　十一時　まで、

中文課　從　九點　開始　到　十一點　為止，

中文课　从　九点　开始　到　十一点　为止，

zhōng wén kè　cóng　jiǔ diǎn　kāi shǐ　dào　shí yī diǎn　wéi zhǐ，

合わせて　二時間　です。

共計　兩個　小時。

共计　两个　小时。

gòng jì　liǎng ge（gè）　xiǎo shí

＊共計（共计）→ 合わせて

5. 午後(ごご) 四時(よじ) 頃(ごろ) から、

從	下午	四點	左右	開始，
从	下午	四点	左右	开始，
cóng	xià wǔ	sì diǎn	zuǒ yòu	kāi shǐ

夕食(ゆうしょく) まで 三時間(さんじかん) ぐらい 勉強(べんきょう)した。

到	晚飯	為止	念了	三個小時	左右	的書。
到	晚饭	为止	念了	三个小时	左右	的书。
dào	wǎn fàn	wéi zhǐ	niàn le	sān ge(gè) xiǎo shí	zuǒ yòu	de shū

＊頃／（N）～點左右（時間點較確切，例如8點左右）　　＊小時xiǎo shí＝鐘頭zhōng tóu

＊ぐらい／（助詞）～個小時左右，～點左右（時間點範圍較大，例如8～9點左右）

MP3 09-05

(3) 關於形容詞、動詞的表現——連接代名詞"得"與"的" / 形容詞(けいようし)、動詞(どうし)の表現(ひょうげん)——「得(とく)」と「的(まと)」の使(つか)い方(かた)

この課(か)では主(おも)に中国語(ちゅうごくご)の形容詞(けいようし)の表現法(ひょうげんほう)について説明(せつめい)します。日本語(にほんご)の形容詞(けいようし)は「形容詞(ようし)（い形容詞(けいようし)）」と「形容動詞(けいようどうし)（な形容詞(けいようし)）」に分(わ)けられますが、中国語(ちゅうごくご)では、物事(ものごと)の状態(じょうたい)・様子(ようす)を表(あらわ)す語(ご)はすべて「形容詞(けいようし)」と分類(ぶんるい)されます（中国語(ちゅうごくご)には用言(ようげん)の変化(へんか)が無(な)い）。日本語(にほんご)の形容詞(けいようし)及(およ)び形容動詞(けいようどうし)の変化(へんか)は、付録(ふろく)のChapter2 の(1)「形容詞(けいようし)の変化(へんか)」と(2)「形容動詞(けいようどうし)の変化(へんか)」を参考(さんこう)にしてください。 / 本課主要是對中文形容詞的表現法做說明，日文有形容詞及形容動詞之分，而中文中表現事物的狀態、樣子的單句都被歸類為形容詞（中文沒有用言變化）。日文的形容詞及形容動詞之變化，請參照附錄Chapter 2 (1)形容詞變化(2)形容動詞變化單元。

(a) 得：動詞＋得＋形容詞→
物事(ものごと)の可能性(かのうせい)や効果(こうか)を表(あらわ)します。/ 表現事物的可能及效果

例(れい)：走(はし)るの が 速(はや)い です。

跑	得	快。
動詞		形容詞
pǎo	de	kuài

物事の状態や程度を表します。 / 表現事務的狀態和程度

例：<u>大きい声</u>　で　<u>叫</u>びます。

<u>叫</u>　　得　　<u>很大聲</u>。

<u>叫</u>　　得　　<u>很大声</u>。

動詞　　　　　　形容詞

jiào　　de　<u>hěn dà shēng</u>

※物事の可能性や効果を表す場合 / 關於事物的可能性，效果程度表現時

　肯定；動詞＋得<u>de</u>＋形容詞→物事ができる、効果があることを表します。 / 表現事物的可能及效果。

　否定；動詞＋（得<u>de</u>）＋不<u>bù</u>……→物事ができない、効果がない、能力がないことを表します。 / 表現事物的不可能，沒效果，沒那個能力。

肯定	否定
動詞＋得<u>de</u>＋……	動詞＋（得<u>de</u>）＋不<u>bù</u>
物事ができる、効果がある / 表現事物的可能及效果	物事ができない、効果がない、能力がない / 表現事物的不可能，沒效果，沒那個能力
間に合います。 來　　得　　及。 来　　得　　及。 lái　de　jí 動詞　<u>可能表現</u>	間に合いません。 來　　不　　及。 来　　不　　及。 lái　bù　jí 動詞　<u>不可能表現</u>
走るスピードが速いです。 跑　得　快。 <u>pǎo</u> de　kuài	走るスピードが速くない、遅いです。 跑　不　快。 <u>pǎo</u> bù kuài
早く起きました。 起　得　早。 <u>qǐ</u> de zǎo	起きられませんでした。 起　不　來。 <u>qǐ</u> bù lái

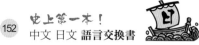
うまく 書^かけました。	うまく 書^かけません。
寫 得 好。	寫 不 好。
写 得 好。	写 不 好。
xiě de hǎo	xiě bù hǎo
見^みえます。	見^みえません。
看 得 見。	看 不 見。
看 得 见。	看 不 见。
kàn de jiàn	kàn bù jiàn
聞^きこえます。	聞^きこえません。
聽 得 見。	聽 不 見。
听 得 见。	听 不 见。
tīng de jiàn	tīng bù jiàn
眠^{ねむ}れます。	眠^{ねむ}れません。
睡 得 著。	睡 不 著。
睡 得 着。	睡 不 着。
shuì de zháo	shuì bù zháo
沢山^{たくさん} 儲^{もう}かりました。	あまり 儲^{もう}かっていません。
副詞 動詞	副詞 動詞
賺 得 多。	賺 不 多。
赚 得 多。	赚 不 多。
zhuàn de duō	zhuàn bù duō

形容詞＋的de＋～→

物事^{ものごと}の状態^{じょうたい}や程度^{ていど}を表^{あらわ}します。 / 表現事務的狀態和程度

例^{れい}1：凄^{すご}く 大^{おお}きい。

　　　大 的 很。

　　　dà de hěn

　　形容詞

例2：とても良くて　申し分がない。

　　　　好　　的　　　　沒話說。

　　　　好　　的　　　　没话说。

　　　　hǎo　de　　　méi huà shuō

　　　形容詞

※「的の的de」と「得の得de」の相違点 / "的de" 與 "得de" 的不同點

(一) "的" →名詞＋ "的" ＋名詞

所有、所属、人間関係を表します。 イコール→日本語の「... の...」/ 表所有、所屬、人際關係

例：私　　の　　本（所有）

　　我　　的　　書（书）

　　wǒ　de　　shū

(二) "得" →動詞＋ "得" ＋形容詞→物事の可能性や効果を表します。/ 表現事物的可能及效果，動詞＋ "得de" →動詞は「得の得de」の前につけます。

例：食べられる（能力）

　　吃　得　起

　　chī　de　qǐ

形容詞＋ "的de" ＋─→物事の状態や程度を表します。/ 表現事務的狀態和程度

形容詞 "的de" ＋動詞 →動詞は「的の的de」の後ろにつけます。

例1：楽しく　遊びます。

　　　快樂　的　玩。

　　　快乐　的　玩。

　　　kuài lè　de　wán

　　　形容詞　　　動詞

　　＝玩　得　很快樂。

　　　玩　得　很快乐。

<u>wán</u>　de　<u>hěn kuài lè</u>
動詞　　　形容詞

例2：<u>大きな声</u>　で　<u>叫びます</u>。

　　　<u>大聲</u>　　　的　　　<u>叫</u>。

　　　<u>大声</u>　　　的　　　<u>叫</u>。

　　　<u>dà shēng</u>　　　de　　　<u>jiào</u>
　　　形容詞　　　　　　動詞

　　＝ 叫　　得　　<u>大聲</u>。

　　　 叫　　得　　<u>大声</u>。

　　　<u>jiào</u>　de　<u>dà shēng</u>
　　　動詞　　　形容詞

句型練習 請在括弧內選出正確答案 / 括弧の中から正しいものを選んで下さい。

1.　<u>早く</u>　　<u>出かければ</u>　　<u>間に合う</u>と思います。

　　<u>趕快出門</u>　　<u>我想</u>　　　就　來（的、得）及。

　　<u>赶快出门</u>　　<u>我想</u>　　　就　来　　　　及。

　　<u>gǎn kuài chū mén</u>　<u>wǒ xiǎng</u>　　jiù　lái　　de　jí

2.　<u>弟</u>　　　は　　　<u>可愛い</u>です。

　　我　（的、得）　弟弟　<u>真可愛</u>。

　　我　　　　　　弟弟　<u>真可爱</u>。

　　wǒ　　　de　　　dì di　<u>zhēn kě ài</u>

3.　<u>お金</u>　なら　<u>たくさん</u>　あります。

　　錢，　<u>我</u>　　多　　（的、得）　很。

　　钱，　<u>我</u>　　多　　　　　　　很。

　　qián　<u>wǒ</u>　　duō　　　　de　　　hěn

4.　これ　は　私（わたし）が　買（か）えます。

這（個）　我　買　（的、得）　起。

这（个）　我　买　　　　　起。

zhè（ge）　wǒ　mǎi　de　qǐ

5.　楽（たの）しい　旅行（りょこう）。

愉快　（的、得）　旅行。

yú kuài　de　lü xíng

解答（かいとう）

1. 得　2. 的　3. 的　4. 得　5. 的

MP3 09-06

(4) 又～又～

（動詞）　　～（し）たり～（し）たりします（ました）。

（形容詞）　～くて、～です。

（形容動詞）　～で、～です。

例（れい）1：食（た）べたり、　飲（の）んだり　します。 / （動詞＋動詞）

又　吃　又　喝。

yòu　chī　yòu　hē

例（れい）2：　日曜日（にちようび）　は　うちで　掃除（そうじ）したり、洗濯（せんたく）したり　しました。 /

（動詞＋動詞）

星期天　在家　又　打掃　又　洗衣服。

星期天　在家　又　打扫　又　洗衣服。

xīng qí（qī）tiān　zài jiā　yòu　dǎ sǎo　yòu　xǐ yī fú

例3： 人　が　行ったり　来たり　しています。 ／（動詞＋動詞）

　　　 人　　　　來來　　　去去。

　　　 人　　　　来来　　　去去。

　　　 rén　　　 lái lái　　 qù qù

例4： 安くて　使いやすい　です。 ／（形容詞＋形容詞）

　　　 又 便宜　　 又　　　好用。

　　　 yòu pián yí(yi)　 yòu　　 hǎo yòng

例5： 丈夫　で　長持ち です。 ／（形容動詞＋名詞）

　　　 堅固　又　耐用。

　　　 堅固　又　耐用。

　　　 jiān gù　 yòu　 nài yòng

句型練習 翻翻看然後唸唸看。／次の言葉を日本語に訳してから読んでみてください。日本の方は中国語を読んでみてください。

1. 又跑又跳。走る／跑，跳／飛ぶ。

2. 又美又溫柔。きれい／美麗，溫柔／優しい

3. 又忙又累。忙しい／忙，疲れる／累

4. 又哭又笑。泣く／哭，笑う／笑

解答

1. 走ったり　飛んだり　します。 ／（動詞＋動詞）

　　 又　　　 跑　　 又跳。

　　 yòu　　 pǎo　 yòu tiào

2. きれいで　優しい　です。/（形容動詞＋形容詞）

又美　　又　　溫柔。

yòu měi　　yòu　　wēn róu

3. 忙しくて　疲れています。/（形容詞＋動詞）

又忙　　　又累。

yòu máng　　yòu lèi

4. 泣いたり　笑ったり　します。/（動詞＋動詞）

又哭　　又笑。

yòu kū　　yòu xiào

🎏 MP3 09-07

　（5）一邊……一邊 / 兩個動做同時進行 / ……V2 ますながら＋同步另一動作……

　　例1： 歩き　ながら　食べます。/

　　　　　一邊　　走　　一邊　　吃。

　　　　　一边　　走　　一边　　吃。

　　　　　yī biān　　zǒu　　yī biān　　chī

　　例2： コーヒー　を　飲み　ながら　本　を　読みます。

　　　　　一邊　　喝　咖啡　一邊　　看　書。

　　　　　一边　　喝　咖啡　一边　　看　书。

　　　　　yī biān　　hē　kā fēi　yī biān　kàn　shū

✍ 句型練習　翻翻看然後念念看 / 次の言葉を日本語に訳してから読んでみてください。
　　　　　　（日）日本の方は中国語を読んでみてください。

1.（一）邊吃飯（一）邊說吧！

2.（一）邊看情形（一）邊想對策吧！

3.（一）邊聽音樂（一）邊打掃房間。

4.（一）邊哭（一）邊念。

解答

1. 食事し ながら 話し ましょう。

一邊	吃飯	一邊	說	吧！
一边	吃饭	一边	说	吧！
yī biān	chī fàn	yī biān	shuō	ba

2. 様子 を 見 ながら 対策 を 考え ましょう。

一邊	看	情形	一邊	想	對策	吧！
一边	看	情形	一边	想	对策	吧！
yī biān	kàn	qíng xíng	yī biān	xiǎng	duì cè	ba

3. 音楽 を 聞き ながら 部屋 を 掃除 します。

一邊	聽	音樂	一邊	打掃	房間。
一边	听	音乐	一边	打扫	房间。
yī biān	tīng	yīn yuè	yī biān	dǎ sǎo	fáng jiān

4. 泣き ながら 読みます。

一邊	哭	一邊	讀。
一边	哭	一边	读。
yī biān	kū	yī biān	dú

第 十 課
八月十五日星期天中秋節 /
はちがつじゅう ご にち にちようび　　　　　ちゅうしゅうせつ　　つきみ
八月 十 五日 日曜日 は 中 秋 節（月見）です

しんしゅつたん ご
(一)生字shēng zì / 新 出 単語

繁體字fán tǐ zì	简体字jiǎn tǐ zì 汉语拼音hàn yǔ pīn yīn	日本語
1. 新曆年	新历年xīn lì nián	新暦の正月
2. 舊（農）歷年	旧（农）历年jiù (nóng) lì nián	旧暦の正月
3. 今年	今年 jīn nián	今年
4. 明年	明年míng nián	来年
5. 後年	后年hòu nián	再来年
6. 去年	去年qù nián	去年
7. 前年	前年qián nián	おととし
8. 哪（一）年	哪（一）年nǎ yī nián	何年
9. 西元～年	公元～年 xī (gōng) yuán～nián	西暦一年
10. ～月	～月～ yuè	一月
11. ～個月	～个月～ge (gè) yuè	一ヶ月
12. ～月～日（號）	～月～日、（号） ～yuè～rì (hào)	一月一日
13. 星期一	星期一xīng qí (qī) yī	月曜日

14. 星期二	星期二xīng qí (qī) èr	<ruby>火<rt>か</rt></ruby><ruby>曜<rt>よう</rt></ruby><ruby>日<rt>び</rt></ruby>
15. 星期三	星期三xīng qí (qī) sān	<ruby>水<rt>すい</rt></ruby><ruby>曜<rt>よう</rt></ruby><ruby>日<rt>び</rt></ruby>
16. 星期四	星期四xīng qí (qī) sì	<ruby>木<rt>もく</rt></ruby><ruby>曜<rt>よう</rt></ruby><ruby>日<rt>び</rt></ruby>
17. 星期五	星期五xīng qí (qī) wǔ	<ruby>金<rt>きん</rt></ruby><ruby>曜<rt>よう</rt></ruby><ruby>日<rt>び</rt></ruby>
18. 星期六	星期六xīng qí (qī) liù	<ruby>土<rt>ど</rt></ruby><ruby>曜<rt>よう</rt></ruby><ruby>日<rt>び</rt></ruby>
19. 星期日（天）	星期日（天）xīng qí (qī) rì (tiān)	<ruby>日<rt>にち</rt></ruby><ruby>曜<rt>よう</rt></ruby><ruby>日<rt>び</rt></ruby>
20. 禮拜～	礼拜～lǐ bài～	～<ruby>曜<rt>よう</rt></ruby><ruby>日<rt>び</rt></ruby>
21. 節日	节日jié rì	<ruby>祝<rt>しゅく</rt></ruby><ruby>祭<rt>さい</rt></ruby><ruby>日<rt>じつ</rt></ruby>
22. 假日	假日jià rì	<ruby>休<rt>きゅう</rt></ruby><ruby>日<rt>じつ</rt></ruby>
23. 新年	新年xīn nián	<ruby>正<rt>しょう</rt></ruby><ruby>月<rt>がつ</rt></ruby>、<ruby>新<rt>しん</rt></ruby><ruby>年<rt>ねん</rt></ruby>
24. 春節	春节chūn jié	<ruby>正<rt>しょう</rt></ruby><ruby>月<rt>がつ</rt></ruby>、<ruby>旧<rt>きゅう</rt></ruby><ruby>暦<rt>れき</rt></ruby>の<ruby>新<rt>しん</rt></ruby><ruby>年<rt>ねん</rt></ruby>
25. 元宵節	元宵节yuán xiāo jié	<ruby>元<rt>げん</rt></ruby><ruby>宵<rt>しょう</rt></ruby><ruby>節<rt>せつ</rt></ruby>（<ruby>上<rt>じょう</rt></ruby><ruby>元<rt>げん</rt></ruby><ruby>節<rt>せつ</rt></ruby>、<ruby>旧<rt>きゅう</rt></ruby><ruby>暦<rt>れき</rt></ruby><ruby>一<rt>いち</rt></ruby><ruby>月<rt>がつ</rt></ruby><ruby>十<rt>じゅう</rt></ruby><ruby>五<rt>ご</rt></ruby><ruby>日<rt>にち</rt></ruby>）
26. 清明節	清明节qīng míng jié	<ruby>清<rt>せい</rt></ruby><ruby>明<rt>めい</rt></ruby><ruby>節<rt>せつ</rt></ruby>（<ruby>新<rt>しん</rt></ruby><ruby>暦<rt>れき</rt></ruby><ruby>四<rt>し</rt></ruby><ruby>月<rt>がつ</rt></ruby><ruby>五<rt>いつ</rt></ruby><ruby>日<rt>か</rt></ruby>、<ruby>墓<rt>はか</rt></ruby><ruby>参<rt>まい</rt></ruby>りの<ruby>日<rt>ひ</rt></ruby>）
27. 端午節	端午节duān wǔ jié	<ruby>端<rt>たん</rt></ruby><ruby>午<rt>ご</rt></ruby><ruby>節<rt>せつ</rt></ruby>、<ruby>端<rt>たん</rt></ruby><ruby>午<rt>ご</rt></ruby>の<ruby>節<rt>せっ</rt></ruby><ruby>句<rt>く</rt></ruby>（<ruby>旧<rt>きゅう</rt></ruby><ruby>暦<rt>れき</rt></ruby><ruby>五<rt>ご</rt></ruby><ruby>月<rt>がつ</rt></ruby><ruby>五<rt>いつ</rt></ruby><ruby>日<rt>か</rt></ruby>）
28. 中元節	中元节zhōng yuán jié	<ruby>中<rt>ちゅう</rt></ruby><ruby>元<rt>げん</rt></ruby><ruby>節<rt>せつ</rt></ruby>、お<ruby>盆<rt>ぼん</rt></ruby>（<ruby>旧<rt>きゅう</rt></ruby><ruby>暦<rt>れき</rt></ruby><ruby>七<rt>しち</rt></ruby><ruby>月<rt>がつ</rt></ruby><ruby>十<rt>じゅう</rt></ruby><ruby>五<rt>ご</rt></ruby><ruby>日<rt>にち</rt></ruby>）
29. 中秋節	中秋节zhōng qiū jié	<ruby>中<rt>ちゅう</rt></ruby><ruby>秋<rt>しゅう</rt></ruby><ruby>節<rt>せつ</rt></ruby>、<ruby>月<rt>つき</rt></ruby><ruby>見<rt>み</rt></ruby>（<ruby>旧<rt>きゅう</rt></ruby><ruby>暦<rt>れき</rt></ruby><ruby>八<rt>はち</rt></ruby><ruby>月<rt>がつ</rt></ruby><ruby>十<rt>じゅう</rt></ruby><ruby>五<rt>ご</rt></ruby><ruby>日<rt>にち</rt></ruby>）
30. 重陽節	重阳节chóng yáng jié	<ruby>重<rt>じゅう</rt></ruby><ruby>陽<rt>よう</rt></ruby><ruby>節<rt>せつ</rt></ruby>、<ruby>敬<rt>けい</rt></ruby><ruby>老<rt>ろう</rt></ruby>の<ruby>日<rt>ひ</rt></ruby>（<ruby>旧<rt>きゅう</rt></ruby><ruby>暦<rt>れき</rt></ruby><ruby>九<rt>く</rt></ruby><ruby>月<rt>がつ</rt></ruby><ruby>九<rt>ここの</rt></ruby><ruby>日<rt>か</rt></ruby>）
31. 聖誕節	圣诞节shèng dàn jié	クリスマス

32. 紅包	红包hóng bāo	祝 儀袋（お年玉など）
33. 湯圓	汤圆tāng yuán	元 宵 節に食べる団子
34. 猜燈謎	猜灯谜cāi dēng mí	なぞなぞ遊び
35. 掃墓	扫墓sǎo mù	墓参り（墓掃除）
36. 吃粽子	吃粽子chī zòng zi	粽を食べる
37. 普渡 　　超渡法會	普渡pǔ dù 超渡法会chāo dù fǎ huì	盛大な法事で、死者の 魂 を極楽世界に送る
38. 祭典，大拜拜	祭典jì diǎn， 大拜拜dà bài bài	祭
39. 盂蘭盆會	盂兰盆会yú lán pén huì	お盆
40. 神轎	神轿shén jiào	御神輿
41. 寺廟	寺庙sì miào	神社、寺
42. 神明	神明shén míng	神様
43. 鬼神	鬼神guǐ shén	幽霊
44. 好兄弟	好兄弟hǎo xiōng dì	①仲のよい兄弟 ②幽霊の別名
45. 祖先	祖先zǔ xiān	祖先、先祖
46. 拜拜	拜拜bài bài	お参り、詣でる、拝む
47. 祭品	祭品jì pǐn	供え物
48. 供奉	供奉gòng fèng	供え物を捧げる
49. 香	香xiāng	線香
50. 燒香	烧香shāo xiāng	線香を立てる
51. 祈求	祈求qí qiú	～を祈る

52. 祝福	祝福zhù fú	祝福する
53. 生意興隆	生意兴隆shēng yì xīng lóng	商売繁盛
54. 家宅平安	家宅平安jiā zhái píng ān	家内安全
55. 簽詩	签诗qiān shī	おみくじ
56. 抽籤	抽签chōu qiān	おみくじを引く
57. 解簽	解签jiě qiān	おみくじの内容を解釈する
58. 聖誕卡	圣诞卡shèng dàn kǎ	クリスマスカード
59. 賀年卡	贺年卡hè nián kǎ	年賀状
60. 需要～	需要～xū yào～	～が要る
61. 共計～	共计～gòng jì～	合わせて～、全部で～
62. 在場所	在场所 zài cháng suǒ	場所に、場所で
63. 再～	再～zài～	もう一度、再び、また

MP3 10-02！

(二)文型wén xíng / 文型

繁體字 fán tǐ zì	日本語
简体字 / 漢語拼音jiǎn tǐ zì / hàn yǔ pīn yīn	
1. 今天 幾月幾日 星期幾？ 今天 几月几日 星期几? jīn tiān jǐ yuè jǐ rì xīng qí (qī) jǐ	今日 は 何月何日、何曜日ですか。
2. 今年 是 西元 幾年？ 今年 是 公元 几年? jīn nián shì xī (gōng) yuán jǐ nián	今年 は 西暦 何年 ですか。

3. 今年的春節 是 二月十四日 星期天。 今年的春节 是 二月十四日 星期天。 jīn nián de chūn jié shì èr yuè shí sì rì xīng qí (qī) tiān	今年の旧暦のお正月 は 二月十四日、日曜日 です。
4. 中國人 主要是 過 農曆年。 中国人 主要是 过 农历年。 zhōng guó rén zhǔ yào shì guò nóng lì nián	中国人は 主に 旧暦のお正月 を 祝います。＊主に / 主要是……
5. 孩子 正在 領紅包，你 領了 沒？ 孩子 正在 领红包，你 领了 没？ hái zi zhèng zài lǐng hóng bāo，nǐ lǐng le méi	子供たち は お年玉 を 貰っています。あなた は 貰いましたか。＊貰う / 領取，收受
6. 沒有，我 沒領。因為 大人 不能領。 没有，我 没领。因为 大人 不能领。 méi yǒu，wǒ méi lǐng。yīn wèi dà rén bù néng lǐng	いいえ、私は貰っていません。大人ですから 貰えません。＊貰える / （表能力的可能動詞）能領
7. 因為 我 還沒 結婚 所以我 能領。 因为 我 还没 结婚 所以我 能领。 yīn wèi wǒ hái méi jié hūn suǒ yǐ wǒ néng lǐng	私はまだ 結婚していない ので 貰えます。（中国の風習では、結婚して初めて大人と認められます。）
8. 我 想領，可是 沒人給。 我 想领，可是 没人给。 wǒ xiǎng lǐng kě shì méi rén gěi	私 は 貰いたい けれど くれる人 がいません。＊くれる / 某人給我
9. 吃 湯圓 嗎？ 吃 汤圆 吗？ chī tāng yuán ma	団子 を 食べますか。
10. 我 不想 吃。 我 不想 吃。 wǒ bù xiǎng chī	食べたくないです。

11. 我 還想 吃。再來一碗，你呢？ 我 还想 吃。再來一碗，你呢? wǒ hái xiǎng chī zài lái yī wǎn nǐ ne	まだ食べたいです。 もう一杯下さい（お代わりを下さい）。 あなたは？
12. 我 現在 正在 吃，還沒 吃完（好）。 我 现在 正在 吃，还没 吃完（好）。 wǒ xiàn zài zhèng zài chī hái méi chī wán (hǎo) （中）吃完＝吃好	私 は今（団子を）食べています。まだ食べ終えていません。
13. 湯圓 全 吃光 了，所以 我 沒得 吃。 汤圆 全 吃光 了，所以 我 没得 吃。 tāng yuán quán chī guāng le，suǒ yǐ wǒ méi dé chī	団子を全部食べきりました。ですから私は食べられません。
14. 下次 請 再 讓我吃。 下次 请 再 让我吃。 xià cì qǐng zài ràng wǒ chī	今度また食べさせてください。

MP3 10-03

(三)文法解釋 wén fǎ jiě shì / 文法解釈

1. "在" 與 "再"

「在」（いる、ている）と「再」（また、再び）の使い方

(1)「在zài」と「再zài」の使い方とその相違点

※ "在zài" / 時（時） 地 介詞（詞）

時間（时间） 地點（点）

(1)場所の表現 / 關於場所的表現

日本語の場所「に」、場所「で」の助詞は、中国語ではどちらも「在」で表現します。/ 日文場所的表現助詞，有表存在的靜態場所"に" 及表動作地點的動態場所"で"兩者。但中文關於場所的表現，不管動、靜態場所一律用"在"來表現。

對日文學習者而言，例1的A、B例句是表示存在的靜態場所句型，所以

1. 場所後接的助詞為　に

2. 有情物（有生命）用いる（常），います（敬）表存在

3. 無情物（無生命）用ある（常），あります（敬）表存在

例1：A　人　　　は　　　場所　　に　います。

　　　人　＋　在　＋　場所（場所）

　　　妹　　　は　　　教室　　に　います。

　　　妹妹　　在　　　教室。

　　　mèi mei　zài　　jiào shì

B　物　　　　は　　　場所　　　に　あります。

　　物　＋　在　＋　場所（場所）

　　妹の本　　　は　　　教室　　に　あります。

　　妹妹的書　　在　　　教室。

　　妹妹的书　　在　　　教室。

　　mèi mei de shū　zài　　jiào shì

※　中国語では、「在zài / に居る、に有る」、「是shì / です」、「不是bù shì / ではありません」は主語と述語との間に置きます。日本語では、文の一番後ろにつけます。この点は、中国語と日本語の語順は異なります。/ 在中文而言，"在"、"是"、"不是"全放在主、述語之中。可是日文全放在句子最後，這點中、日語順大不同。

例1的C例句為表動作地點的動態場所，所以場所後接的助詞為 "で"

C　人　は　＋　場所　　　で　　＋動作。

　　人　　　＋　在　＋場所（場所）　＋動作（动作）。

　　妹　は　教室　で　本を読んでいます。

　　妹妹　在　教室　看（著）書。

　　妹妹　在　教室　看（著）书。

　　mèi mei　zài　jiào shì　kàn (zhe) shū

例2：A　<ruby>人<rt>ひと</rt></ruby>　　は　　　　<ruby>場所<rt>ばしょ</rt></ruby>　に　　います。

人＋　　　在　＋　　場所（场所）

おばあさん　は　　　<ruby>台所<rt>だいどころ</rt></ruby>　に　います。

奶奶　　　　在　　　　　廚房。
奶奶　　　　在　　　　　厨房。
nǎi nai　　zài　　　　chú fáng

B　<ruby>物<rt>もの</rt></ruby>　　は　　　　<ruby>場所<rt>ばしょ</rt></ruby>　に　あります。

物　＋　在　＋　　場所（场所）

<ruby>野菜<rt>やさい</rt></ruby>は　　　<ruby>台所<rt>だいどころ</rt></ruby>　に　あります。

菜　　　在　　　廚房。
菜　　　在　　　厨房。
cài　　　zài　　　chú fáng

C　<ruby>人<rt>ひと</rt></ruby>　　　は　＋　<ruby>場所<rt>ばしょ</rt></ruby>　で　＋<ruby>動作<rt>どうさ</rt></ruby>。

人　　＋　在　＋　場所（场所）　　＋動作（动作）。

おばあさん　は　　　<ruby>台所<rt>だいどころ</rt></ruby>　　で　<ruby>料理<rt>りょうり</rt></ruby>を<ruby>作<rt>つく</rt></ruby>っています。

奶奶　　　在　　廚房　　　做（著）菜。
奶奶　　　在　　厨房　　　做（著）菜。
nǎi nai　　zài　　chú fáng　　zuò (zhe) cài

例3：A　<ruby>父<rt>ちち</rt></ruby>　は　<ruby>会社<rt>かいしゃ</rt></ruby>　に　います。（靜態場所・生物存在）

爸爸　在　公司。
bà ba　zài　gōng sī

B　かばん　は　<ruby>会社<rt>かいしゃ</rt></ruby>　に　あります。（靜態場所・物品存在）

公事包　在　公司。
gōng shì bāo　zài　gōng sī

C　<ruby>父<rt>ちち</rt></ruby>　は　<ruby>会社<rt>かいしゃ</rt></ruby>　で　<ruby>働<rt>はたら</rt></ruby>いています。（動態場所・在XX場所做XX事）

爸爸　　在　　公司　　上班。

bà ba　　zài　　gōng sī　　shàng bān

＊働く / 上班，工作

その他 / 其他

※ 万年筆　は　　机の上　に　　あります。

鋼筆　　在　　桌上。

钢笔　　在　　桌上。

gāng bǐ　　zài　　zhuō shàng

※ 弟　は　　　公園　で　　遊んで　いまず。

弟弟　　在　　　公園　裡　玩（著）。

弟弟　　在　　　公园　里　玩（著）。

dì di　　zài　　　gōng yuán　lǐ　wán (zhe)

(2) 人＋在(ing)做＋動作（動作）/ ……をしています。

動作が終わっていない、まだ進行している場合に使います。/ 動作尚未完成，還在進行中使用。

例1：私　　は　　団子　を　食べています。

我　　在吃　　湯圓。

我　　在吃　　汤圆。

wǒ　　zài chī　　tāng yuán

例2：私　は　手紙　を　　書いています。

我　在寫　信。

我　在写　信。

wǒ　　zài xiě　xìn

(3)① 「いつ何が起こった」　② 「いつ何をした」場合、その日付け或いは時間の前「に / 在zài」をつけます。/ ①"什麼時候發生甚麼事" ② "什麼時候做甚麼事"，其日期及時間前加上"に / 在zài"。

＊日付け / 日期

例1： 西暦２００１年9月 １１日 に 恐怖の９１１事件 が 起こりました。

在 西元 2001年9月11日 發生了 恐怖的 911事件。

在 公元 2001年9月11日 发生了 恐怖的 911事件。

zài xī（gōng）yuán liǎng qiān líng yī nián jiǔ yuè shí yī rì fā shēng le kǒng bù de jiǔ

yī yī shì jiàn

例2： 西暦2004年 に 台湾では 世界で二番目に高いビルである １０１ビル が

建ちました。

在 西元2004年 臺灣 建造了 世界第二高 的 101大樓。

在 公元2004年 台湾 建造了 世界第二高 的 101大楼。

zài xī（gōng）yuán liǎng qiān líng sì nián tái wān jiàn zào le shì jiè dì èr gāo de yī

líng yī dà lóu

＊ビル / 大樓

例3： 昨夜深夜三時 に 地震 が 起こりました。

在 昨晚三點 發生了 地震。

在 昨晚三点 发生了 地震。

zài zuó wǎn sān diǎn fā shēng le dì zhèn

※再次的“再zài” / 再びの「再zài」

(1)再 イコール→ 「…してから…」「…した後で…」

文型： （日）動作1……してから……動作2をします。

動作1……した後で……動作2をします

（中）先動作1……再……做動作2

例1： 手 を 洗って から ご飯を食べます。

＝ 手 を 洗った 後で ご飯を食べます。

動作1 動作2

先 洗手 再 吃飯。

先 洗手 再 吃饭。

xiān xǐ shǒu zài chī fàn

動作1 動作2

例2：　宿 題が終わって　　から　遊びます。
　　＝　宿 題が終わった　　後で　遊びます。

	動作1		動作2
先	寫完作業	再	玩。
先	写完作业	再	玩。
xiān	xiě wán zuò yè	zài	wán
	動作1		動作2

MP3 10-04

(2)「再zài」は「また」、「再び」、「もう一度」と言う意味です。同じことが再び発生する場合や再び行う状態を表現する場合にも使えます。例えば、「再發（再发zài fā）」や「一再（yī zài）」などがあります。 / "再zài"是指又、再、再次的意思，也可用於表現相同的事重複發生或重複進行的狀態表現，例如再發、一再等等。

例1：もう　言った　はず　です。いいですか、もう　一度　言います。

我	應該	已經	說過了，	好吧，	再說	一次。
我	应该	已经	说过了，	好吧，	再说	一次。
wǒ	yīng gāi	yǐ jīng	shuō guò le，	hǎo ba	zài shuō	yī cì

＊はず / 應該（（JLPT日檢1、2級重點文型）

例2：美味しい！　もう　一杯　下さい。

好吃！	再	來（来）	一碗
hǎo chī	zài	lái	yī wǎn

例3：楽しかった、　また　遊びに　来ます。

好好玩，	還要再	來	玩。
好好玩，	还要再	来	玩。
hǎo hǎo wán,	hái yào zài	lái	wán

句型練習 選選看然後念念看 / 正解を選んで読んでみましょう

1. 我　　先回家　拿個（个）東西（东西）（在，再）過去。

wǒ　xiān huí jiā　ná ge　　dōng xi　　　zài guò qù

（私は）先に家へ帰って　物を取ってから　行きます。

＊家へ帰る / 回家　＊物を取る / 拿東西

＊Vてから〜 /〜之後〜（日檢4級重點文型）　＊行く / 去

2. 弟弟 呢？（在，再）哪裡（里）？

dì di ne？zài nǎ lǐ

弟 は？どこ に いる の？

3. （在，再）說（说）什麼？！喂！你（在，再）說（说）一次看看。

zài shuō shén me　wèi　nǐ zài shuō yī cì kàn kàn

何て言った？こら、（あなたは）もう一度 言って ごらん！

＊こら / 指謫、申斥人的喝聲　＊ごらん（ご覧）/ 觀、看，Vてごらん / 試試看

4. 參加 中國人 的 婚禮，（在，再）婚禮 結束 回家時，不說（在，再）見。

　參加 中国人 的 婚礼，（在，再）婚礼 结束 回家时，不说（在，再）见。

cān jiā zhōng guó rén de hūn lǐ　zài hūn lǐ jié shù huí jiā shí　bù shuō zài jiàn

中国人 の 結婚式 に 参加する場合、式 が 終わって 帰る時、さようなら は 言いません。
（中国語のさようならは「再び会う」という意味なので、新郎、新婦に対して縁起が悪い
からです。）

5. （在，再）來呢，怎樣？喂！！我正（在，再）聽耶，快說啦！

　（在，再）来呢，怎样？喂！！我正（在，再）听耶，快说啦！

zài lái ne　zěn yàng？wèi　wǒ zhèng zài tīng yē　kuài shuō lā!

それで どうなったの？ほら！今聞いてるの、早く言ってよ！

＊の / 表疑問、輕微的斷定　＊よ / 強調自己的意見主張傳達給對方

6. <u>又（在，再）</u>錯啦！<u>怎麼教 都不會</u>，真傷腦筋！

<u>又（在，再）</u>错啦！<u>怎么教 都不会</u>，真伤脑筋！

<u>yòu zài</u> cuò lā!　<u>zěn me jiāo dōu bù huì</u>　zhēn shāng nǎo jīn!

また<ruby>間違<rt>まちが</rt></ruby>ったの！いくら<ruby>教<rt>おし</rt></ruby>えても <ruby>分<rt>わ</rt></ruby>からないなんて、<ruby>困<rt>こま</rt></ruby>っちゃうわ。

＊いくら～でも～/（でも下接否定）不論怎麼…都不…（日檢2、3、4級範圍文型）

＊なんて / 甚麼的，之類的（情況、事）（日檢2、3級重點文型）　＊困る / 傷腦筋

＊わ / 女性用語，加強語氣，表感嘆

7. <u>（在，再）</u><u>小時候</u>，<u>我 常來（来）</u> <u>這兒（这儿）</u>　玩。

<u>zài</u> <u>xiǎo shí hòu</u>　<u>wǒ cháng lái</u> <u>zhè r</u> wán

<ruby>幼<rt>おさな</rt></ruby>いとき、（<ruby>私<rt>わたし</rt></ruby>は）よく　ここへ　<ruby>遊<rt>あそ</rt></ruby>びに　<ruby>来<rt>き</rt></ruby>ました。

＊幼い / 年幼、幼小的、幼稚的

＊場所へ目的に<ruby>来<rt>く</rt></ruby>る / 為XX目的去XX處，へ / 動作的方向，に / 動作的目的

（日檢4、5級重點文型）

8. <u>（在，再）</u><u>地震時（时）</u> 要先 <u>鎮定（镇定）</u>，<u>（在，再）</u>找 <u>安全的地方</u> 避難（难）。

<u>zài</u> <u>dì zhèn shí</u>　yào xiān <u>zhèn dìng</u>　<u>zài</u> zhǎo <u>ān quán de dì fāng</u> bì nàn

<ruby>地震<rt>じしん</rt></ruby>のとき、まず <ruby>落<rt>お</rt></ruby>ち<ruby>着<rt>つ</rt></ruby>いて、<ruby>安全<rt>あんぜん</rt></ruby>なところ を <ruby>探<rt>さが</rt></ruby>してから <ruby>避難<rt>ひなん</rt></ruby>します。

＊落ち着く / 鎮定　＊探す / 尋找

＊Vてから～/……之後再……（日檢4級重點文型）

9. <u>正（在，再）</u>吃飯，<u>會是</u>　誰來？

<u>正（在，再）</u>吃饭，<u>会是</u>　谁来？

<u>zhèng zài</u> chī fàn　<u>huì shì</u>　shuí lái

ご<ruby>飯<rt>はん</rt></ruby>を<ruby>食<rt>た</rt></ruby>べているところに、<ruby>誰<rt>だれ</rt></ruby>　かしら。

＊Vているところ / 正在……（日檢4級重點文型）

＊かしら / 女性用語，放句尾，表疑問

10. <u>（在，再）</u><u>買一些</u>　能不能　打折？

<u>（在，再）</u><u>买一些</u>　能不能　打折？

zài mǎi yī xiē　néng bù néng　dǎ zhé

もうちょっと 買<small>か</small>えば、割引<small>わりびき</small> が できますか。

＊割引 / 打折

解答

1. 再　2. 在　3. 在，再　4. 在，再　5. 再，在　6. 再　7. 在　8. 在，再　9. 在　10. 再

MP3 10-05

(2)動詞<small>どうし</small>の表現法<small>ひょうげんほう</small> / 動詞的表現法

以下<small>いか</small>の文型<small>ぶんけい</small>で動詞<small>どうし</small>の表現<small>ひょうげん</small>とそれぞれの違<small>ちが</small>いを説明<small>せつめい</small>します。赤字<small>あかじ</small>の部分<small>ぶぶん</small>は動詞<small>どうし</small>です。赤<small>あか</small>字<small>じ</small>の部分<small>ぶぶん</small>を適当<small>てきとう</small>な動詞<small>どうし</small>に置<small>お</small>き換<small>か</small>えて練習<small>れんしゅう</small>してみてください。 / 以下述的文型來說明動詞表現法的各自不同。紅字部分是動詞，請將紅字部分替換適合的動詞練習。

① 食<small>た</small>べます。　食<small>た</small>べるつもりです。 / 要 吃。　yào chī

要 yào <small>イコール</small>→～しようと思<small>おも</small>っている、～するつもり。自分<small>じぶん</small>の意思<small>いし</small>を相手<small>あいて</small>に伝<small>つた</small>えます。 / 決定做～，把自己的意思傳達給對方

要＋動詞<small>どうし</small>　は主観的<small>しゅかんてき</small>な肯定<small>こうてい</small>の答<small>こた</small>えです。XX動作<small>どうさ</small>をするつもりです。考<small>かんが</small>えるだけではなくて、もう決<small>き</small>めたことです。 / 要＋動詞是主觀肯定的回答，決定做XX行動。不是只有想，而是決定。

② 食<small>た</small>べません。 / 不要　吃。　bù yào chī

これは主観的<small>しゅかんてき</small>な否定<small>ひてい</small>の答<small>こた</small>えです。はっきりと相手<small>あいて</small>の提案<small>ていあん</small>を断<small>ことわ</small>ります。

/ 這是主觀否定的回答。明白的拒絕對方的提議。

食<small>た</small>べます。 / 要吃。　yào chī→反対語<small>はんたいご</small>→食<small>た</small>べません。 / 不吃。　不要吃。　bù chī，bù yào chī

例<small>れい</small>：Q：クッキー が あります。食<small>た</small>べ ますか。

　　　　有　　　餅乾，　要不要　　吃？

有　　　　饼乾，　要不要　　吃？

yǒu　　　bǐng gān　yào bù yào　chī

A：食べ　ます。

要　　吃。

yào　　chī

食べ　　ません。

不吃、　　不要吃。

bù chī　　bù yào chī

③食べたいです。 / 想 吃。　xiǎng chī　反対語→食べたくないです。 / 不想 吃。　bù xiǎng chī

自分の希望を相手に伝えます。 / 把自己的所想，所希望的傳達給對方。

例：Q：食べたいです、　食べても　いいですか。

我想吃，　　　可以 吃　嗎（吗）？

wǒ xiǎng chī　　kě yǐ chī　　ma

いいですよ。すきなだけ食べて。

可以呀！想要吃多少　就　吃多少。

kě yǐ yā　xiǎng yào chī duō shǎo　jiù　chī duō shǎo

④食べています。　いま食べているところです。 / 在吃。　zài chī

人＋在（ing）＋動作/......をしています。

動作が終わっていない、継続して進行している場合に使います。 / 動作還沒結束，繼續進行中時使用。

例1：　私　　は　今　　新 聞を読んで　います。

　＝　私　　は　今　　新聞を読んで　　いるところ です。

　　　我　　現在　在　看報。

　　　我　　現在　在　看报。

　　　wǒ　xiàn zài　zài　kàn bào

＊新聞 / 報紙，新聞を読む / 看報紙，ニュース / 新聞，ニュースを聞く / 聽新聞

例2： 妹 は 音楽を聞いて います。

妹妹 在 聽音樂。

妹妹 在 听音乐。

mèi mei zài tīng yīn yuè

⑤ まだ食べています。 / 還（还）在吃。 hái zài chī

二つ意味があります。/ 有兩個意思。

A：「（正）在吃（zhèng）zài chī」とほぼ同じ意味です。動作がまだ継続して進行し
ていることを意味します。 / 跟"（正）在吃（zhèng）zài chī"大致相同意思。表
動作尚未結束仍繼續進行。＊ほぼ /（副）大致、大略、大概

B：動作の進行時間が長過ぎる時、相手を責める場合にも使えます。 / 因為動作進
行花費的時間太過冗長，而責難對方時也可使用。

例：もう 三時だ よ、 まだ 食べている の ？！

已經 三點了 耶！ 還在 吃 呀？！

已经 三点了 耶! 还在 吃 呀？！

yǐ jīng sān diǎn le yē hái zài chī ya

⑥ まだ 食べ たいです。/ 還（还）想吃。 hái xiǎng chī

「まだ要ります」→ 還（还）要 hái yào と言う意味です。/ 表"還要"之意

⑦ まだ 食べていません。/ 還沒 吃。 hái méi chī

まだ一 Ｖ一 ません →還沒（还没）hái méi

⑧ 食べた ことがあります。/ 有 吃。 yǒu chī

その経験があることを表します。/ 表有經驗。

⑨ 食べたことがありません。 食べませんでした。/ 沒（没） 吃。 méi chī

その経験がないことを表します。/ 表沒～經驗。

⑩ もう 食べ ました。/ 已經 吃過（过）了。 yǐ jīng chī guò le

已經　〜了→もう〜ました。もう〜してしまいました。
動作が済んだ、終了した、完成したという意味です。 / 表事情或動作已結束，已終了、完成之意。

MP3 10-06
句型練習

　以下是日常常用動詞，請把這些動詞和例句中標紅字的動詞互換，帶入練習並念念看。/ 以下は日常よく使われる動詞です。例文の動詞（赤字）を置き換えて、読んでみてください。
例：飲む / 喝

① 飲みます。 / 要　喝。yào hē（肯定）

② 飲みません。 / 不要　喝。bù yào hē（否定）

③ 飲みたいです。 / 想　喝。xiǎng hē（希望）

④ 飲みたくないです。 / 不想　喝。bù xiǎng hē（拒否）

⑤ 飲んでいます。 / 在　喝。zài hē（進行形）

⑥ まだ飲んでいます。 / 還（还）在　喝。hái zài hē（進行形）

⑦ まだ飲みたいです。 / 還（还）想　喝。hái xiǎng hē（希望）

⑧ 飲んだことがあります。 / 有　喝過（过）。yǒu hē guò（経験）

⑨ 飲んだことがありません。 / 沒（没）喝過（过）。méi hē guò（経験なし）

⑩ 飲みました。 / 喝　過（过）了。hē guò le（過去形）

※ 請將上述①～⑩句型中的動詞（紅字）與下述1～8（9、10以外）的動詞替換並唸唸看。 / 上の①～⑩の動詞（赤字部分）を下の1～8（9、10以外）の動詞に置き換えて、読んでみてください。
※ 9の「來（来）lái/ 来る」、10の「去qù / 行く」等移動動詞時，①～④、⑦～⑩（⑤、⑥以

外）請直接帶入練習並唸唸看。上例⑤、⑥的部分，則以下例句（「～途中」の例文）帶入練習並唸唸看。/ 9の「來（来）lái / 来る」、10の「去qù / 行く」などの移動動詞の場合、①～④、⑦～⑩（⑤、⑥以外）の練習を行います。⑤、⑥の部分は、代わりに下の例文（「～途中 / ～途中」の例文）を読んでみてください。

1. 書く→書き、書いて、書いた / 寫（写）xiě

2. 話す→話し、話して、話した / 說（说）shuō

3. 待つ→待ち、待って、待った / 等 děng

4. 遊ぶ→遊び、遊んで、遊んだ / 玩 wán

5. 読む→読み、読んで、読んだ / 讀（读）dú

6. 売る→売り、売って、売った / 賣（卖）mài

7. 買う→買い、買って、買った / 買（买）mǎi

8. 散歩する→散歩し、散歩して、散歩した / 散步sàn bù

9. 来る→来、来て、来た / 來（来）lái
（移動動詞「行く」、「来る」、「帰る」の場合、⑤「在～」或いは ⑥「還（还）在～」の文型を練習する時、その後ろに「……的途中」（…の途中）を付けます。）
   例：⑤来ている途中です。/ 在 來的 途中。zài lái de tú zhōng
      ⑥まだ来ている途中です。/ 還在 來的 途中。hái zài lái de tú zhōng
      （まだ目的地に着いていません。）/ 尚未到達目的地。

10. 行く（移動動詞）→行き、行って、行った（か行字尾（く）イ音便的例外，行く是促音便）/ 去qù
   例：⑤行っている途中です。/ 在 去的 途中。zài qù de tú zhōng
      ⑤まだ行っている途中です。/ 還在 去的 途中。hái zài qù de tú zhōng

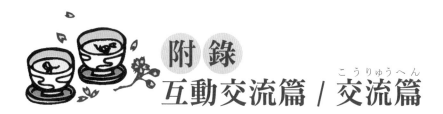

附 錄
互動交流篇 / 交流篇

關鍵字、關鍵句補充 / キーワードと使える文型

MP311-01

🪭 Chapter 1

補充替換字組 / 言葉補充

表1：テナント / 關於專櫃（关于专柜）guān yú zhuān guì a.化粧品コーナー / 化妝品專櫃（化妆品专柜）huà zhuāng pǐn zhuān guì			
資生堂 / SHISEIDO 資生堂（资生堂） zī shēng táng	シャネル / CHANEL 香奈兒（香奈儿） xiāng nài ér	エリサベス アーデン / ELIZABETH ARDEN 伊莉莎白雅頓（伊丽莎白雅顿） yī lì shā bái yǎ dùn
カネボウ / KANEBO 佳麗寶 jiā lì bǎo （嘉娜宝 jiā nà bǎo）	ランコム / LACOME 蘭蔻（兰蔻）lán kòu	ビオテルム / BIOTHERM 碧兒泉（碧欧泉） bì ér（ōu）quán
シュウ ウエ ムラ / SHU UEMURA 植村秀 zhí cūn xiù	エスティ ローダー / ESTEE LAUDER 雅詩蘭黛（雅诗兰黛） yǎ shī lán dài	マックス ファクター / MAX FACTOR 蜜斯佛陀 mì sī fó tuó
コーセー / KOSE 高絲（高丝） gāo sī	アナスイ / ANNA SUI 安娜蘇（安娜苏） ān nà sū	マリー クワント / MARY QUANT 瑪莉官（玛莉官）mǎ lì guān

クララランス / CLARINS 克蘭詩 kè lán shī （娇韵诗 jiāo yùn shī）	ニナ リッチ / NINA RICCI （蓮娜麗姿） lián nà lì zī	オリジンズ / ORIGINS 品木宣言 pǐn mù xuān yán （悅木之緣 yuè mù zhī yuán）
ドゥラメール / De.LAMER 海洋拉娜 hǎi yáng lā nà （海蓝之谜 hǎi lán zhī mí）	ジバンシイ / GIVENCHY 紀梵希（纪梵希） jì fàn xī	シスレー / SISLEY 希思黎 xī sī lí
ラプレリー / LA PRAIRIE 蓓莉（蓓丽） bèi lì	ディオール / DIOR 克里斯汀迪奧 kè lǐ sī tīng dí ào	ロレアル / LOREAL 萊雅 lái yǎ （欧莱雅 ōu lái yǎ）
ゲラン / GUERLAIN 嬌蘭（娇兰）jiāo lán	クリニーク / CLINIQUE 倩碧 qiàn bì	ソフィーナ / SOFINA 蘇菲娜（苏菲那）sū fēi nà

b.他のコーナー / 其他專櫃（其他专柜）qí tā zhuān guì

フードコート / 美食街 （美食街）měi shí jiē	受付、フロント / 服務台，櫃台（服務台，柜台） fú wù tái guì tái	中華料理店、洋食レストラン / 中餐廳，西餐廳（中餐厅，西餐厅） zhōng cān tīng xī cān tīng
スーパー / 超市 （超市）chāo shì	婦人服 / 淑女服（淑女服） shú（shū）nǚ fú	子供服 / 兒童服（儿童服） ér tóng fú
ベビールーム / 嬰兒室 （婴儿室）yīng ér shì	おもちゃ / 玩具（玩具） wán jù	紳士服 / 紳士服（绅士服） shēn shì fú
日常生活用品 / 家用品 （家用品）jiā yòng pǐn	家電用品 / 家電用品（家电用品）jiā diàn yòng pǐn	インテリア / 家飾（家饰） jiā shì
催し会場 / 大會場（大会场）dà huì chǎng	靴売り場 / 鞋區（鞋区） xié qū	トイレ、化粧室 / 廁所，化妝室（厕所，化妆室）cè suǒ huà zhuāng shì

MP311-02

表2：色	顏色yán sè	色	顏色yán sè
赤	紅色 hóng sè	オレンジ色、橙色	橙色，橘色 chéng sè　jú sè
黃色	黃色 huáng sè	緑色	綠色 lǜ sè
あい色、青	藍色 lán sè	紫色	紫色 zǐ sè
黑	黑色 hēi sè	ピンク	粉紅色 fěn hóng sè
白	白色 bái sè	桃色	桃紅色 táo hóng sè
茶色	咖啡色 kā fēi sè	小豆色	豆沙色 dòu shā sè

MP311-03

表3：遊園地の遊戲施設		
遊樂園 娛樂 設施（游乐园 娱乐 设施）yóu lè yuán yú lè shè shī		
ジェットコースター、 ローラーコースター 雲 霄 飛 車 云 霄 飞 车 yún xiāo fēi chē	観覧車 / 摩 天 輪 摩 天 轮 mó tiān lún	ロープウェイ ケーブルーカー / 纜 車 缆 车 lǎn chē
ゴーカート 小 汽 車 小 汽 车 xiǎo qì chē	お化け屋敷 / 鬼 屋 guǐ wū	迷路 / 迷 宮 mí gōng

メリーゴーランド / 旋　轉　木　馬 旋　转　木　马 <u>xuán</u> <u>zhuǎn</u> <u>mù</u> <u>mǎ</u>	急流すべり / 急　流　獨　木　舟 急　流　独　木　舟 <u>jí</u> <u>liú</u> <u>dú</u> <u>mù</u> <u>zhōu</u>	バンジージャンプ （bungee jumping） 高　空　彈　跳 高　空　弹　跳 <u>gāo</u> <u>kōng</u> <u>tán</u> <u>tiào</u>
コーヒーカップ / 咖　啡　杯 <u>kā</u> <u>fēi</u> <u>bēi</u>	スキー / 滑　雪 <u>huá</u> <u>xuě</u>	スケート / 溜　冰 <u>liū</u> <u>bīng</u>
回転ブランコ / 旋　轉　鞦　韆 旋　转　秋　千 <u>xuán</u> <u>zhuǎn</u> <u>qiū</u> <u>qiān</u>	サーフイン / 衝　浪 冲　浪 <u>chōng</u> <u>làng</u>	ウォータースライド / 滑　水　道 <u>huá</u> <u>shuǐ</u> <u>dào</u>

表4：關於你、我、他，人稱代名詞

第五課を参照してください。/ 請參照教材第5課

＊（男）男性用語，女性勿用　＊（複）複數說法

	尊稱（對長輩）	等稱（對平輩）	卑稱（對晚輩）
我	私（わたくし）	私（わたし） 私たち、我等（わたし、われら）/（複）我們	僕（ぼく）/（男）學生、好友對話時用， 俺（おれ）（男），わし（男）老人用
您、你	貴方様（あなたさま）	貴方（あなた） 貴方がた（あなた）/（複）你們	お前（まえ）（男） 君（きみ）（男）
他、她 こ/（近）這 そ/（中）那 あ/（遠）那 ど/（?）哪	この、その、あの+方（かた）/ 這、那、那+位 どの方、どなた（かた）/ 哪位	この、その、あの +人（ひと）/這個、那個、那個+人， +一人達（ひとたち）/（複）一些人們 どの人、だれ（ひと）/ 誰 彼、彼女（かれ、かのじょ）/他，她	こいつ/這傢伙（男） そいつ/那傢伙（男） あいつ/那傢伙（男） どいつ/哪傢伙（男）

表5：こ、そ、あ、と系統：

第六、七、八課を参照してください。/ 請參照教材第6、7、8課

	指　事　代　名　詞			連體詞		副詞	形容動詞
	事物 / ～個 6、7課	場所 / ～裡、 ～兒 8課	方向 / ～邊 8課	指定＋N 6、7課	性質、 狀態＋N / ～樣	樣子 / ～樣 7課	性質、狀態 / ～麼的
這 （近）	これ	こちら（敬） ここ（常）	こちら（敬） こっち（常）	この	こんな	こう	こんなに
那 （中）	それ	そちら（敬） そこ（常）	そちら（敬） そっち（常）	その	そんな	そう	そんあに
那 （遠）	あれ	あちら（敬） あそこ（常）	あちら（敬） あっち（常）	あの	あんな	ああ	あんなに
哪 （？）	どれ	どちら（敬） どこ（常）	どちら（敬） どっち（常）	どの	どんな	どう	どんなに

※こちら、そちら、あちら、どちら / 除了方向，還可表場所，為ここ、そこ、あそこ、どこ的
　敬體。

※副詞直接擺在被修飾者的前方，例：そうですね。/ 是啊！

　量詞，一個、三雙等可做副詞，為 N5 的量詞重點句型。例如：靴が三足あります。/ 鞋有三
雙。花は一本いくらですか。/ 花一朵多少錢？

MP311-04

表6：数字 / 數字

日本語	繁體字（簡體字）/ 漢語拼音
いち	一 / yī
に	二 / èr
さん	三 / sān
よん（し）	四 / sì

ご	五 / wǔ
ろく	六 / liù
しち（なな）	七 / qī
はち	八 / bā
きゅう（く）	九 / jiǔ
じゅう	十 / shí
じゅういち	十一 / shí yī
じゅうに	十二 / shí èr
じゅうさん	十三 / shí sān
じゅうよん	十四 / shí sì
じゅうご	十五 / shí wǔ
じゅうろく	十六 / shí liù
じゅうなな	十七 / shí qī
じゅうはち	十八 / shí bā
じゅうきゅう	十九 / shí jiǔ
にじゅう	二十 / èr shí
にじゅういち	二十一 / èr shí yī
にじゅうに	二十二 / èr shí èr
にじゅうさん	二十三 / èr shí sān
にじゅうよん	二十四 / èr shí sì
にじゅうご	二十五 / èr shí wǔ
にじゅうろく	二十六 / èr shí liù
にじゅうなな	二十七 / èr shí qī
にじゅうはち	二十八 / èr shí bā
にじゅうきゅう	二十九 / èr shí jiǔ
さんじゅう	三十 / sān shí
さんじゅういち	三十一 / sān shí yī

さんじゅうに	三十二 / sān shí èr
さんじゅうさん	三十三 / sān shí sān
さんじゅうよん	三十四 / sān shí sì
さんじゅうご	三十五 / sān shí wǔ
さんじゅうろく	三十六 / sān shí liù
さんじゅうなな	三十七 / sān shí qī
さんじゅうはち	三十八 / sān shí bā
さんじゅうきゅう	三十九 / sān shí jiǔ
よんじゅう	四十 / sì shí
よんじゅういち	四十一 / sì shí yī
よんじゅうに	四十二 / sì shí èr
よんじゅうさん	四十三 / sì shí sān
よんじゅうよん	四十四 / sì shí sì
よんじゅうご	四十五 / sì shí wǔ
よんじゅうろく	四十六 / sì shí liù
よんじゅうなな	四十七 / sì shí qī
よんじゅうはち	四十八 / sì shí bā
よんじゅうきゅう	四十九 / sì shí jiǔ
ごじゅう	五十 / wǔ shí
ごじゅういち	五十一 / wǔ shí yī
ごじゅうに	五十二 / wǔ shí èr
ごじゅうさん	五十三 / wǔ shí sān
ごじゅうよん	五十四 / wǔ shí sì
ごじゅうご	五十五 / wǔ shí wǔ
ごじゅうろく	五十六 / wǔ shí liù
ごじゅうなな	五十七 / wǔ shí qī
ごじゅうはち	五十八 / wǔ shí bā

ごじゅうきゅう	五十九 / wǔ shí jiǔ
ろくじゅう	六十 / liù shí
ろくじゅういち	六十一 / liù shí yī
ろくじゅうに	六十二 / liù shí èr
ろくじゅうさん	六十三 / liù shí sān
ろくじゅうよん	六十四 / liù shí sì
ろくじゅうご	六十五 / liù shí wǔ
ろくじゅうろく	六十六 / liù shí liù
ろくじゅうなな	六十七 / liù shí qī
ろくじゅうはち	六十八 / liù shí bā
ろくじゅうきゅう	六十九 / liù shí jiǔ
ななじゅう	七十 / qī shí
ななじゅういち	七十一 / qī shí yī
ななじゅうに	七十二 / qī shí èr
ななじゅうさん	七十三 / qī shí sān
ななじゅうよん	七十四 / qī shí sì
ななじゅうご	七十五 / qī shí wǔ
ななじゅうろく	七十六 / qī shí liù
ななじゅうなな	七十七 / qī shí qī
ななじゅうはち	七十八 / qī shí bā
ななじゅうきゅう	七十九 / qī shí jiǔ
はちじゅう	八十 / bā shí
はちじゅういち	八十一 / bā shí yī
はちじゅうに	八十二 / bā shí èr
はちじゅうさん	八十三 / bā shí sān
はちじゅうよん	八十四 / bā shí sì
はちじゅうご	八十五 / bā shí wǔ

はちじゅうろく	八十六 / bā shí liù
はちじゅうなな	八十七 / bā shí qī
はちじゅうはち	八十八 / bā shí bā
はちじゅうきゅう	八十九 / bā shí jiǔ
きゅうじゅう	九十 / jiǔ shí
きゅうじゅういち	九十一 / jiǔ shí yī
きゅうじゅうに	九十二 / jiǔ shí èr
きゅうじゅうさん	九十三 / jiǔ shí sān
きゅうじゅうよん	九十四 / jiǔ shí sì
きゅうじゅうご	九十五 / jiǔ shí wǔ
きゅうじゅうろく	九十六 / jiǔ shí liù
きゅうじゅうなな	九十七 / jiǔ shí qī
きゅうじゅうはち	九十八 / jiǔ shí bā
きゅうじゅうきゅう	九十九 / jiǔ shí jiǔ
ひゃく	一百 / yī bǎi
さんびゃく	三百 / sān bǎi
ろっぴゃく	六百 / liù bǎi
はっぴゃく	八百 / bā bǎi
せん	一千 / yī qiān
にせん	兩（两）千 / liǎng qiān
さんぜん	三千 / sān qiān
ろくせん	六千 / liù qiān
はっせん	八千 / bā qiān
いちまん	一萬（万）/ yī wàn
にまん	兩萬（两万）/ liǎng wàn
ごまん	五萬（万）/ wǔ wàn
じゅうまん	十萬（万）/ shí wàn

にじゅうまん	二十萬（万）/ èr shí wàn
ごじゅうまん	五十萬（万）/ wǔ shí wàn
ななじゅうまん	七十萬（万）/ qī shí wàn
ひゃくまん	一百萬（万）/ yī bǎi wàn
にひゃくまん	兩百萬（两百万）/ liǎng bǎi wàn
ごひゃくまん	五百萬（万）/ wǔ bǎi wàn
せんまん	一千萬（万）/ yī qiān wàn
にせんまん	兩千萬（两千万）/ liǎng qiān wàn
ななせんまん	七千萬（万）/ qī qiān wàn
いちおく	一億（亿）/ yī yì
ひゃくおく	百億（亿）/ bǎi yì
いっちょう	一兆 / yī zhào

表7：～分 / ～分 fēn

第九課を参照してください。 / 請參照教材第9課

一時間六十分があります。 / 一小時有六十分。（一小时有六十分。 / yī xiǎo shí yǒu liù shí fēn）

日本語 / 繁體字（簡體字）/ 漢語拼音	
一分 / 一分 / yī fēn	二分 / 兩分（两分）/ liǎng fēn
三分 / 三分 / sān fēn	四分 / 四分 / sì fēn
五分 / 五分 / wǔ fēn	六分 / 六分 / liù fēn
七分 / 七分 / qī fēn	八分 / 八分 / bā fēn
九分 / 九分 / jiǔ fēn	十分 / 十分 / shí fēn
十一分 / 十一分 / shí yī fēn	十二分 / 十二分 / shí èr fēn
十三分 / 十三分 / shí sān fēn	二十分 / 二十分 / èr shí fēn
三十分 / 三十分 / sān shí fēn	四十分 / 四十分 / sì shí fēn
五十分 / 五十分 / wǔ shí fēn	六十分 / 六十分 / liù shí fēn

六 十 分イコール＝一時間。　/ 六十分等於1小時。（六十分等于1小时。liù shí fēn děng yú yī xiǎo shí）

時間方面：〜時 / 〜點，〜時間 / 〜小時、〜鐘頭。　一時 / 一點、一時間 / 一個小時，二時 / 兩點、二時間 / 兩個小時，三時 / 三點、三時間 / 三個小時……依此類推……，二 十 四時間 / 二十四個小時

分的單位為〜分 / 〜分，〜分間 / 〜分鐘。　一分間 / 一分鐘、二分間 / 兩分鐘、三分間 / 三分鐘、四分間 / 四分鐘、五分間 / 五分鐘、六分間 / 六分鐘、八分間 / 八分鐘、十分間 / 十分鐘、二 十 分間 / 二十分鐘、三 十 分間 / 三十分鐘、半小時……依此類推。

表8：〜月〜日/〜月yuè〜號（号）hào、〜月yu、〜日rì
第 十 課を参照してください。/ 請參照教材第10課

日本語 / 繁體字（簡體字）/ 漢語拼音	
〜月/〜月/ 〜yuè	
一月 / 一月 / yī yuè	二月 / 二月 / èr yuè
三月 / 三月 / sān yuè	四月 / 四月 / sì yuè
五月 / 五月 / wǔ yuè	六月 / 六月 / liù yuè
七月 / 七月 / qī yuè	八月 / 八月 / bā yuè
九月 / 九月 / jiǔ yuè	十 月 / 十月 / shí yuè
十 一月 / 十一月/ shí yī yuè	十 二月 / 十二月 / shí èr yuè
〜日 / 〜號（号）/ 〜hào	
一日 / 一號（号）/ yī hào	二 日 / 二號（号）/ èr hào
三日 / 三號（号）/ sān hào	四日 / 四號（号）/ sì hào
五日 / 五號（号）/ wǔ hào	六日 / 六號（号）/ liù hào
七日 / 七號（号）/ qī hào	八日 / 八號（号）/ bā hào
九 日 / 九號（号）/ jiǔ hào	十日 / 十號（号）/ shí hào
十 一日 / 十一號（号）/ shí yī hào	十 二日 / 十二號（号）/ shí èr hào

じゅうさんにち 十 三日 / 十三號（号）/ <u>shí</u> <u>sān</u> <u>hào</u>	じゅうよっか 十 四日 / 十四號（号）/ <u>shí</u> <u>sì</u> <u>hào</u>
じゅう ご にち 十 五日 / 十五號（号）/ <u>shí</u> <u>wǔ</u> <u>hào</u>	じゅうろくにち 十 六日 / 十六號（号）/ <u>shí</u> <u>liù</u> <u>hào</u>
じゅうしちにち 十 七日 / 十七號（号）/ <u>shí</u> <u>qī</u> <u>hào</u>	じゅうはちにち 十 八日 / 十八號（号）/ <u>shí</u> <u>bā</u> <u>hào</u>
じゅう く にち 十 九日 / 十九號（号）/ <u>shí</u> <u>jiǔ</u> <u>hào</u>	はっか 二十日 / 二十號（号）/ <u>èr</u> <u>shí</u> <u>hào</u>
に じゅういちにち 二 十 一日 / 二十一號（号）/ <u>èr</u> <u>shí</u> <u>yī</u> <u>hào</u>	に じゅう に にち 二 十 二日 / 二十二號（号）/ <u>èr</u> <u>shí</u> <u>èr</u> <u>hào</u>
に じゅうさんにち 二 十 三日 / 二十三號（号）/ <u>èr</u> <u>shí</u> <u>sān</u> <u>hào</u>	に じゅうよっか 二 十 四日 / 二十四號（号）/ <u>èr</u> <u>shí</u> <u>sì</u> <u>hào</u>
に じゅう ご にち 二 十 五日 / 二十五號（号）/ <u>èr</u> <u>shí</u> <u>wǔ</u> <u>hào</u>	に じゅうろくにち 二 十 六日 / 二十六號（号）/ <u>èr</u> <u>shí</u> <u>liù</u> <u>hào</u>
に じゅうしちにち 二 十 七日 / 二十七號（号）/ <u>èr</u> <u>shí</u> <u>qī</u> <u>hào</u>	に じゅうはちにち 二 十 八日 / 二十八號（号）/ <u>èr</u> <u>shí</u> <u>bā</u> <u>hào</u>
に じゅう く にち 二 十 九日 / 二十九號（号）/ <u>èr</u> <u>shí</u> <u>jiǔ</u> <u>hào</u>	さんじゅうにち 三 十日 / 三十號（号）/ <u>sān</u> <u>shí</u> <u>hào</u>
さんじゅういちにち 三 十 一日 / 三十一號（号）/ <u>sān</u> <u>shí</u> <u>yī</u> <u>hào</u>	

　　天數計算時，1-10天分別為～か間，例如：一日 / 1天、二日間 / 兩天、三日間 / 3天、四日間 / 4天、五日間 / 5天……十日間 / 10天、11天以後多恢復一般數目計算方式，例如：十一日間 / 11天、 十 四日間 / 14天、二十日間 / 20天、二 週 間 / 兩週……等等。

　　月份的話，～月 / ～月，一ヶ月 / 一個月。例如：一月 / 1月，一ヶ月 / 一個月，二月 / 2月，二ヶ月 / 兩個月……依此類推

Chapter 2

用言（形容詞、形容動詞、動詞）的變化及例句、單字補充

🎏 MP3 11-05

(1) 形容詞 / 形容詞

　　だいきゅうか　　さんしょう
　　第 九 課を参照してください。 / 請參照教材第9課

　　形容詞日常生活、購物旅遊常用單字補充表：

おお 大きい / 大的	ちい 小さい / 小的	ふと 太い / 粗的，胖的
<u>dà</u> de	<u>xiǎo</u> de	<u>cū</u> de　<u>pàng</u> de

細い / 細（细）的 xì de	きつい / 緊（紧）的，累人的 jǐn de　lèi rén de	緩い / 寬鬆（松）的 kuān sōng de
広い / 寬敞（宽敞）的 kuān chǎng de	狭い / 窄的 zhǎi de	長い / 長（长）的 cháng de
短い / 短的 duǎn de	新しい / 新的 xīn de	古い / 舊（旧）的 jiù de
多い / 多 duō	少ない / 少 shǎo	高い / 高的，貴（贵）的 gāo de　guì de
低い / 低的 dī de	安い / 便宜的 pián yí(yi) de	重い / 重的 zhòng de
軽い / 輕（轻）的 qīng de	厚い / 厚的 hòu de	薄い / 薄（薄）的 bó de
楽しい / 快樂，愉快的 kuài lè　yú kuài de	嬉しい / 喜悅，高興得 xǐ yuè　gāo xìng de	面白い / 有趣的 yǒu qù de
つまらない / 無（无）聊的 wú liáo de	美味しい / 好吃的 hǎo chī de	まずい / 不好吃的，糟糕 bù hǎo chī de　zāo gāo
熱い飲み物 / 熱的飲料（热的饮料）rè de yǐn liào	冷たい / 冷的 lěng de	温い / 溫的 wēn de
暑い天気 / 熱的天氣 热的天气 rè de tiān qì	寒い / 冷的 lěng de	暖かい / 暖的nuǎn de
涼しい / 涼爽的 liáng shuǎng de	早い / 早 zǎo	速い / 快 kuài

※ 主語的部分可帶入人物、場所、時間副詞等，述詞的部分則帶入合適的形容詞，可變化出更多句型。/ 主語の部分を人物や場所や時間副詞など表現したい言葉に置き換えてください。述語の部分は主語に合った形容詞を使ってください。

形容詞是用"～は一です"句型表現，中文的表達比較單純，日文方面屬用言，所以溝通上必須知道日文方面形容詞的變化。

在此以例句方式舉例，可自行以想表現的主詞，帶入與其適宜的形容詞相互替換，語言交換者可嘗試多練習，再跟您的日本朋友確認，以達互動學習應證效果。上表的形容詞變化方式皆同，可依主詞的不同，在述語部分帶入適當的形容詞來解釋說明主語。

形容詞變化及常用句替換例句：

形容詞的基本句型（形容詞辭書形）

例：この品物（しなもの） は　　　　良（い）い。

　　　主語　　　　　　述語（形容詞）

　　　這　　　東西　　　好。

　　　这　　　东西　　　好。

　　　zhè　　dōng xi　　hǎo

形容詞的基本五變化

※（注意事項）因ない是形容詞，所以在形容詞變化中併入第二變化連用形

形容詞變化：去字尾 い ＋各變化字尾及接續，

　　　良いい＋①②⑤變化、良いい ＋③④變化／好＋各變化字尾及接續

　　　ない い／沒méi＋各變化字尾及接續

　　　美味（おい）しい い／好吃hǎo chī＋各變化字尾及接續

第一變化　意量形：形容詞去字尾 い ＋かろう／～吧！

＊この　　品物（しなもの）　は　　　良（よ）　かろう。

　　這　　東西　　不錯　　吧！

　　这　　东西　　不错　　吧！

　　zhè　dōng xi　bù cuò　　ba

＊あの人（ひと）　　は　　お金（かね）　が　　無（な）　かろう。

　　那個人　　沒有　　錢　　吧！

　　那个人　　没有　　钱　　吧!

　　nà ge rén　méi yǒu　qián　　ba

＊この　料理（りょうり）　は　　美味（おい）し　かろう。

　　這　菜　好吃　吧！

这　　菜　　好吃　　吧!

zhè　　cài　　hǎo chī　　ba

第二變化　連用形：形容詞去字尾—い—＋各變化接續

～く＋なる（v）連用形 / 變 ……

～くない（現在否定常体），～くないです、～くありません（現在否定敬体）

～くなかった（過去否定常體），～くなかったです、～くありませんでした（過去否定敬體）

～かった（過去肯定常體），～かったです（過去肯定敬體）

＊　体の調子が　　だんだん　　良く　　なってきています。（變……）

　　　身體狀況　　　漸漸　　變　好。

　　　身体状况　　　漸漸　　变　好。

　　shēn tǐ zhuàng kuàng　jiàn jiàn　　biàn　　hǎo

＊ この品物 は　良く ない です。（現在否定敬体）

　　這 東西　　　不　好。

　　这 东西　　　不　好。

　　zhè dōng xi　　　bù　　hǎo

＊ 不況 のため、　去年　の　業績　は　良くなかったです。（過去否定敬體）

　　因為　不景氣，　去年　的　業績　　　不好。

　　因为　不景气，　去年　的　业绩　　　不好。

　　yīn wèi bù jǐng qì　qù nián　de　yè jī　　　bù hǎo

　　◎不況 / 不景氣

＊ 良　かった！（過去肯定常體）

　　太好　了！

　　tài hǎo　le

＊ 贅沢をしているため、　貯金 が　だんだん　無く なって　きた。（變……）

　　因為　　浪費，　　儲蓄　　漸漸　　沒　了。

因为　　浪费，　　储蓄　　　　渐渐　　没 了。
yīn wèi　làng fèi　　chú xù　　　jiàn jiàn　　méi le

◎贅沢 / 浪費　◎貯金 / 儲蓄　◎だんだん / 漸漸

＊私 は お金 が 無いです。（現在肯定敬體）

　我　沒　錢。

　我　没　钱。

　wǒ　méi　qián

＊ 何の 罪 も 無 かった のに。/（過去否定常體）

　甚麼　錯　也　沒犯　　卻…。

　甚么　错　也　没犯　　却…。

　shèn me　cuò　yě　méi fàn　　què…

＊胡椒 を 入れる と、料理 は もっと 美味しく なります。（變……）

　加入　胡椒　的話，菜　會變得　更　好吃。

　加入　胡椒　的话，菜　会变得　更　好吃。

　jiā rù　hú jiāo　de huà　cài　huì biàn de　gèng　hǎo chī

＊この 料理 は 美味しく ないです。味 が 薄すぎます。（現在否定敬體）

　這菜　不　好吃。　味道　太淡。

　这菜　不　好吃。　味道　太淡。

　zhè cài　bù hǎo chī　wèi dào　tài dàn

＊ 昨日　食べた　料理　は　美味しかったです。（過去肯定 敬體）

　昨天　吃的　菜　好吃。

　昨天　吃的　菜　好吃。

　zuó tiān　chī de　cài　hǎo chī

第三變化　辭書形：〜い（形容詞原形）

＊この 品物 は 良 い。

　這　東西　好。

　这　东西　好。

zhè　dōng xi　hǎo

＊私には　罪　が　無　い　と　思うのだ。

我認為　我　　　沒　犯錯。

我认为　我　　　没　犯错。

wǒ rèn wéi　wǒ　　　méi　fàn cuò

＊この料理　は　美味　しい。

這　菜　　　好吃。

這　菜　　　好吃。

zhè cài　　　hǎo chī

第四變化　連體形：〜い＋Ｎ（與辭書形同字型＋Ｎ）

＊何　　　か　良い　レストラン　を　紹介して　いただけませんか。

有沒有　什麼　好餐廳　可以　介紹　給我嗎？

有没有　什么　好餐厅　可以　介绍　给我吗?

yǒu méi yǒu　shén me　hǎo cān tīng　kě yǐ　jiè shào　gěi wǒ ma

＊何か　美味しいもの　が　食べたい　な。

好想　吃點　好吃的東西　喔。

好想　吃点　好吃的东西　喔。

hǎo xiǎng　chī diǎn　hǎo chī de dōng xi　wō

◎な / 表示願望

第五變化　條件形：形容詞去字尾〜い〜＋ければ / ……的話

＊良　ければ、　一緒に　食事でも　いかがですか。

可以 的話，　一起　吃頓飯　好嗎？

可以 的话，　一起　吃顿饭　好吗？

kě yǐ de huà，　yī qǐ　chī dùn fàn　hǎo ma

◎いかがですか / 如何、怎樣，是どうですか的敬語

＊招待状　が　無　ければ、パーティー　に　参加すること　が　できません。

沒　邀請函　的話，　是無法　參加　舞會。

没　　邀请函　　　的话，　　是无法　　参加　　舞会。

méi　　yāo qǐng hán　　de huà，　shì wú fǎ　cān jiā　wǔ huì

◎招待狀 / 邀請函　◎パーティ / 舞會　◎できる / 可以，できない / 無法

＊美味し ければ、　注文します。

好吃　　的話，　　　　就點。

好吃　　的话，　　　　就点。

hǎo chī de huà，　　　jiù diǎn

◎注文 / 點 ～，訂貨

※形容詞＋形容詞 /

例：ここ　の　料理　は　美味しくて　安い　です。

這兒　的　菜　　　好吃又　　　便宜。

这儿　的　菜　　　好吃又　　　便宜。

zhè r　de　cài　　hǎo chī yòu　pián yí（yi）

※形容詞＋形容動詞 /

例1：この　　かばん　は　軽くて　丈夫　です。

這 皮包　　又輕　　又耐用。

这 皮包　　又轻　　又耐用。

zhè pí bāo　yòu qīng　yòu nài yòng

例2：この道具　は　使い易くて、便利　です。

這 工具　　　　又　好用　　又　方便。

这 工具　　　　又　好用　　又　方便。

zhè gōng jù　　yòu hǎo yòng　yòu fāng biàn

MP311-06

(2) 形容動詞 / 形容動詞

第 九 課を参照してください。/ 請參照教材第9課

形容動詞（だ）日常生活、購物旅遊常用單字補充表：

丈夫／健康，結實（结实） jiàn kāng　jiē shí	安全／安全 ān quán	簡単／（简单） jiǎn dān
大丈夫／不要緊（沒問題） 不要緊（没问题）bù yào jǐn （méi wèn tí）	大変／不得了bù dé liǎo 大変〜／非常〜 fēi cháng〜	好き／喜歡（喜欢）xǐ huān
嫌い／討厭（讨厌）tǎo yàn	綺麗／美麗（美丽）měi lì	素敵／好棒（好棒）hǎo bàng
派手／華麗（华丽）huá lì	地味／樸素pú sù	無理／不行bù xíng
賑やか／熱鬧（热闹）rè nào	真剣／認真（认真）rèn zhēn	迷惑／麻煩（麻烦）má fán
便利／方便fāng biàn	真面目／認真（认真）rèn zhēn	大切／重要zhòng yào
不便／不便bù biàn	上手／高明gāo míng	下手／拙劣 zhuó（zhuō）liè
暇／空閒（空闲）kòng xián	立派／出色chū sè	格好／樣子（样子）yàng zi
元気／健康 jiàn kāng	親切／親切（亲切）qīn qiè	鮮やか／鮮明（鲜明）xiān míng

※ 主語的部分可帶入人物、場所、時間副詞等，述詞的部分則帶入合適的形容動詞，可變化出更多句型。／主語の部分を人物や場所や時間副詞など、表現したい言葉に置き換えてください。述語の部分は主語に合った形容動詞を使ってください。

形容動詞是用"〜は〜です"句型表現，中文的表達比較單純，日文方面屬用言，所以溝通上必須知道日文方面形容動詞的變化。

在此以例句方式舉例，可自行以想表現的主詞，帶入與其適宜的形容動詞相互替換，語言交換者可嘗試多練習，再跟您的日本朋友確認，以達互動學習應證效果。上表的形容動詞變化方式皆同，可依主詞的不同，在述語部分帶入適當的形容動詞來解釋說明主語。

形容動詞辭書形語尾為"だ"，當第四變化連體形連接體言時，形容動詞語尾為會轉變成"な"來連接體言（名詞），所以形容動詞又常被稱為"な形容詞"，許多形容動詞也兼為名詞，所以兩者容易搞混，另外形容動詞有時也會與副詞搞混，應用上要特別注意，如果不很確定最好的方式就是查字典。

形容動詞變化及常用句替換例句

形容動詞的基本句型（形容動詞辭書形）

ion一本！
中文 日文 **語言交換書**
例：今日　は　暇　だ。

　　　主語　　　述語（形容動詞）

　　　今天　　　有空。
　　　jīn tiān　　yǒu kòng

形容動詞的基本五變化

※（注意事項）否定形ない在形容動詞變化中併入第二變化連用形

形容動詞變化：形容動詞去~~（だ）~~＋各變化字尾及接續，

　　　便利／方便，便利fāng biàn，biàn lì＋各變化字尾及接續

　　　暇／有空 yǒu kòng　　　　　＋各變化字尾及接續

　　　賑やか／熱鬧 rè nào　　　　＋各變化字尾及接續

第一變化　意量形：形容動詞去~~（だ）~~＋だろう／～吧！！

＊彼　は　多分　暇　だろう。　電話　で　聞いて みたら。

　他　大概　有空　吧！　打電話　問問　看。
　他　大概　有空　吧！　打电话　问问　看。
　tā　dà gài　yǒu kòng　ba　dǎ diàn huà　wèn wèn　kàn

第二變化　連用形：形容動詞去~~（だ）~~＋各變化字尾及接續

～に＋なる（V）／（變……）

～ではない（現在否定常体），～ではありません（現在否定敬体）

～ではなかった（過去否定常體），～ではありませんでした（過去否定敬體）

～だった（過去肯定常體），～でした（過去肯定敬體）

＊夜　に　なる　に　つれて、夜市　は　賑やかに　なって　きました。
（變……）

　隨著　夜晚　的　到來，夜市　變得　熱鬧　起來。
　随着　夜晚　的　到来，夜市　变得　热闹　起来。
　suí zhe　yè wǎn　de　dào lái　yè shì　biàn de　rè nào　qǐ lái

＊ここ の 交通 は 便利ではない ので、ここ に 住みたくないです。（現在否定常体）

　這兒 的 交通 不便，所以 （我）不想 住在 這兒。

这儿　的　　交通　　不便，　　所以　　（我）不想 住在　　这儿。

zhè r　de　　jiāo tōng　bù biàn　suǒ yǐ　（wǒ）bù xiǎng zhù zài　　zhè r

＊　昨日　は　暇ではなかった。（過去否定常體）

＝　昨日　は　暇ではありませんでした。（過去否定敬體）

　　昨天　　　沒（没）空。

　　zuó tiān　　　méi kòng

＊　昨日　は　暇だった。（過去肯定常體）

＝　昨日　は　暇でした。（過去肯定敬體）

　　昨天　　　不忙。

　　zuó tiān　　　bù máng

第三變化：辭書形 ー（だ）

＊　今日　は 暇（だ）。

　　今天　有空 。

　　jīn tiān　yǒu kòng

＊　ここ　は　交通　が　便利（だ）。

　　這兒　　　交通　　　　方便。

　　这儿　　　交通　　　　方便。

　　zhè r　　　jiāo tōng　　　fāng biàn

第四變化　連體形：形容動詞去-（だ）＋な＋N（所以形容動詞又叫な形容詞）

＊　暇　な　時、　（私は）　いつも　うちで　本を読んでいます。

　　閒暇　的　時候，　（我）　　總是　　在家　　看書。

　　闲暇　的　時候，　（我）　　總是　　在家　　看書。

　　xián xiá　de　　shí hòu　　wǒ　　zhǒng shì　zài jiā　　kàn shū

第五變化　條件形：形容動詞去-（だ）＋ならば / 的話

＊　暇　ならば、　どこかへ　ドライブ　に　行こう。

　　有空　　的話　找個地方　兜風　　　　去吧！

有空　　的话　　找个 地方　　兜风　　　去吧！
yǒu kòng　de huà　zhǎo ge dì fāng　dōu fēng　　qù ba

◎ドライブ / 兜風・遊玩

※ 形容動詞＋形容詞

例1：この かばん　は　　丈夫で　　軽い です。

這 皮包　　　堅固耐用 又　　輕巧。

这 皮包　　　坚固耐用 又　　轻巧。

zhè　pí bāo　　jiān gù nài yòng yòu　　qīng qiǎo

例2：この へや　は　きれい で　広いです。

這 房間　　　乾淨 又　　寬敞。

这 房间　　　干净 又　　宽敞。

zhè fáng jiān　　gān jìng yòu　kuān chǎng (chang)

※形容動詞＋形容動詞

例：彼　は　　親切 で　真面目 です。

他　　　親切 又　　　認真。

他　　　亲切 又　　　认真。

tā　　qīn qiè yòu　　rèn zhēn

(3)動詞方面：請參照本書第7課文法(5)及第10課文法(二)有關動詞各種表現形態，在了解動詞各變化後，可試圖帶入合適的動詞練習。 / 第七課の文法(5)及び第 十 課文法(二)の動詞の表現法を参考にしてください。動詞の変化を理解した上で、適当な動詞を入れて練習してください。

＊Vた上で / 在……之後（日檢2、3級重點文型）

而日文動詞依字形不同可分成3大類：

（I グル─プ）　五段動詞

（IIグル─プ）　上、下一段動詞

（IIIグル─プ）　か変来る（來）、サ変する（做）

此三大類，每一大類皆有屬於自己的變化規則

一、首先就3類動詞字形說明：

動詞字形：漢字部分為語幹，假名部分為語尾

語幹的部份，如樹的枝幹不會變動

語尾的部份，除了變格，動詞變化都是由動詞<u>最後一個假名</u>來進行變化

（Ｉ グル―プ）五段動詞，依字典字形可分兩種

字型1：佔多數的五段字形，漢字 ＋ 一個平假名，以辭書形來說，假名一定是う段任何一
　　　　個字

如：書く / 寫，泳ぐ / 游泳，探す / 找，待つ / 等，死ぬ / 死（な行唯一的動詞），選ぶ
　　/ 選，読む / 讀，売る / 賣，買う / 買等字

<u>　選　</u>　　<u>　ぶ　</u>

　　　語幹（不變） 字尾假名（變化）＋五段V各變化接續

字型2：漢字＋兩個平假名，字的辭書形為 "漢字 ＋ あ段平假名漢字 ＋ す、る"，這種
　　　　字型的五段動詞在變化上，仍是以字尾最後一個假名す、る來進行變化

如：動かす / 開動，覚ます / 醒悟，弄醒，止まる / 停止，始まる / 開始，終わる / 結束
　　等字

<u>　動　</u>　　　<u>　か　</u>　　　<u>　す　</u>

漢字（不變）＋あ段假名（不變）　最後一個假名（變化）＋五段V各變化接續

<u>　止　</u>　　　<u>　ま　</u>　　　<u>　る　</u>

漢字（不變）＋あ段假名（不變）　最後一個假名（變化）＋五段V各變化接續

五段動詞 是以あ、い、う、え、お五段來進行各不同變化，動詞都有六個變化，實為七
個，因為第一變化則包含否定形及表勸誘、商量的意量形兩種變化。

五段動詞則分別在う、え兩段重覆兩次應用來表現七種變化，字尾為う者如買う，笑う等
字較特殊，是以 1.<u>わ</u>、<u>お</u>，2.<u>い</u>，3.<u>う</u>，4.<u>う</u>，5.<u>え</u>，6.<u>え</u>＋五段V各變化接續

（IIグル―プ）上一段動詞，下一段動詞

以辭書形字型來說：

漢字 ＋い 段假名＋ る / 上一段動詞，如 起きる / 起床，延びる / 延長

<u>　起　</u>　　　　　<u>　き　</u>　　　<u>　る　</u>

漢字（不變）＋い段假名（不變）最後一個假名（變化）＋上一段V各變化接續

漢字＋え段假名＋る／下一段動詞，食べる／吃，教える／教

食(た)　　　べ　　　る

　　漢字（不變）＋え段假名（不變）最後一個假名（變化）＋下一段各變化接續

可是在上，下一段動詞中有12個特殊字，其字體為五段字體，可是變化卻是照上、下一段變化方式變化，這12個字在日文文法中稱為語幹語尾分不清。這些特殊字字形辨識有2個特點：①其漢字部份發音，只有一個假名，②上一段8個特殊字的漢字的發音皆在い段，下一段4個特殊字的漢字的發音皆在え段。

上一段有8個，分別是　①居(い)る／在　②鋳(い)る／鑄造　③射(い)る／射，照射　④着(き)る／穿　⑤似(に)る／像　⑥煮(に)る／煮　⑦干(ひ)る／乾，潮落　⑧見(み)る／看

（上一段特殊字字形）一個漢字（漢字只有1個い段音的假名標音）＋る

居(い)　　　る

　　漢字（不變）最後一個假名（變化）＋上一段 各變化接續

下一段有4個，分別是　①得(え)る／得到　②出(で)る／出去　③寝(ね)る／睡覺　④経(へ)る／經過

（下一段特殊字字形）一個漢字（漢字只有1個え段音的假名標音）＋る

出(で)　　　る

　　漢字（不變）最後一個假名（變化）＋下一段各變化接續

上，下一段動詞，以字最後一個假名る進行變化

（Ⅲグル―プ）サ行變格する――做
　　　　　　　カ行變格くる――來

動詞變化的原則：就是語幹不變語尾（動詞字尾最後一個假名）變，有一定的規則變化，而變格卻不照牌理出牌，在動詞各變化中，語幹部份分別有不同的標音來接各變化接續，語幹變語尾也變，徹底顛覆規則，無規則可循，所以稱為變格。

サ行變格只有する（做）一個字
カ行變格也只有くる（來）一個字
兩個字的變化，カ變、サ變加起來共十四個相對應的漢字＋字尾假名＋各變化接續的標音，就只能靠熟記。

歸納整理 3大類動詞字型圖：紅字部分為動詞變化時會產生變動的部分

	5段V	上1V	上1V分不清 （有8個）	下1V	下1V分不清 （有4個）	か変 僅一字	サ変 僅一字
幹語 （漢字） 語尾 （假名）	選動止 かま ぶする	起 きる	字體是五段字體，變 化依上1段變化，即 為語幹語尾分不清 見 る	食 べる	字體是五段字體，變 化依下1段變化，即 為語幹語尾分不清 出 る	来 る	する
字義	開停 選動止	起床	看	吃	出	來	做

二、動詞變化：每一個動詞都有六個變化，實為七個，因為第一變化則包含否定形及意量形兩變化

第一變化否定形：～ない（現在否定常體）/ 表否定

　　　　　意量形：～う、～よう / 推量，勸誘，商量等意

第二變化連用形 :動詞的敬語形態皆出現於第第二變化連用形

～ます（現在肯定敬體）　→第三變化辭書形（現在肯定常體）

～ません（現在否定敬體）→第一變化否定形～ない（現在否定常體）

～ました（過去肯定敬體）→第二變化連用形～た（だ）（過去肯定常體）

～ませんでした（過去否定敬體）→～なかった（過去否定常體）

～ましょう（意量形敬體）→第一變化意量形～う、～よう（意量形常體）

～なさい（動詞第六變化命令形敬語，通常用於晚輩，小孩，口氣較強硬的請求方式）

～て（で）連接另一動作用，動作的時態現在、過去，由最後一組動作表現。～て、～て、～ます（現在）；～て、～て、～ました（過去）。

～て（で）＋ください（動詞第六變化命令形敬語，是屬比較客氣委婉的請求方式）

第三變化辭書形：現在肯定常體，辭書形為動詞登載於字典的代表必有字型

第四變化連體形：同辭書形字型＋体言，表動作相關的人、事、時、地、物，如　書く人 / 寫的人，行く事 / 去的事，会う時 / 見面的時候，集まる場所 / 集合的地點，買う服 / 買的衣服……等等

第五變化條件形：～ば（五段）、～れば（上、下一段、サ變、カ變），表假定，如果……的話，就……

第六變化命令形：命令對方做某事，此種請求方式不敬，很少用。通常只有在工場等特殊緊急情形，好友對話會用，另外路標，標示等也可見

日文動詞，有一定動詞變化規則，請因應題意帶入變化

中文沒動詞變化，練習時中文學習者只要把適當的動詞進行替換，或直接帶入文型中練習即可。／ 中国語には動詞変化がありません。適当な動詞に置き換えるか、文中に入れて練習してください。

以下則針對3大類動詞以文字補充表及動詞變化表，來補充說明其各項變化及接續運用

（Ⅰグループ）文字補充表及五段動詞變化表

 MP311-07

第七課と十課を参照してください。／ 請參照教材第7課及第10課

五段動詞日常生活會話常用字補充表：紅字假名為變動部分

開く / 開（开）kāi	行く / 去 qù	置く / 放 fàng
書く / 寫（写）xiě	履く / 穿 chuān	起こす / 引起，叫醒 yǐn qǐ jiào xǐng
返す / 歸還（归还）guī hái	探す / 找 zhǎo	外す / 脫下 tuō xià
話す / 說（说）shuō	戻す / 歸還（归还），退回 guī huán tuì huí	渡す / 交，遞（递）jiāo dì
待つ / 等 děng	持つ / 拿 ná	選ぶ / 選（选）xuǎn
学ぶ / 學（学）xué	休む / 休息 xiū xí	追う / 追 zhuī
終わる / 結（结）束 jié shù	帰る / 回家 huí jiā	飾る / 裝飾（装饰）zhuāng shì
変わる / 改變（变）gǎi biàn	切る / 切 qiē	触る / 碰 pèng
止まる / 停止 tíng zhǐ	乗る / 搭乘 dā chéng	入る / 進（进）入，放入 jìn rù fàng rù
戻る / 折返 zhé fǎn	分かる / 明白 míng bái	会う / 見（见）面 jiàn miàn

<ruby>洗<rt>あら</rt></ruby>う / 洗 <u>xǐ</u>	<ruby>言<rt>い</rt></ruby>う / 說（说），講（讲） <u>shuō</u>　<u>jiǎng</u>	<ruby>買<rt>か</rt></ruby>う / 買（买）<u>mǎi</u>
<ruby>從<rt>したが</rt></ruby>う / 遵從（从）<u>zūn cóng</u>	<ruby>使<rt>つか</rt></ruby>う / 用 <u>yòng</u>	<ruby>手伝<rt>てつだ</rt></ruby>う / 幫（帮）忙 <u>bāng</u> <u>máng</u>
<ruby>伴<rt>ともな</rt></ruby>う / 伴隨（随）<u>bàn suí</u>	<ruby>吸<rt>す</rt></ruby>う / 吸 <u>xī</u>	<ruby>笑<rt>わら</rt></ruby>う / 笑 <u>xiào</u>

五段動詞變化表

五段動詞變化圖：紅字假名為變動部分

語幹 ╱ 語尾	第1變化 否定形 / 不……（常體） 意量形 / ……吧！（常體）	第2變化 連用型（v敬體形態） 5段動詞音變＋て（で）、た（だ）	第3變化 辭書形 （常體）	第4變化 連體形 V＋N	第5變化 條件形 …的話	第6變化 命令形 （常體）
<ruby>聞<rt>き</rt></ruby> （<ruby>聞<rt>き</rt></ruby>く / 聽）	か＋ない / 不聽 こ＋う / 聽吧！	き＋　ます / 聽 き＋なさい / 請聽 （い音便） いて＋ください / 請聽 いた（過去常體）/ 聽了	く / 聽	く＋<ruby>時<rt>とき</rt></ruby> / 聽的時候	け＋ば / 聽的話	け / 聽！
<ruby>話<rt>はな</rt></ruby> （<ruby>話<rt>はな</rt></ruby>す / 說）	さ＋ない / 不說 そ＋う / 說吧！	し＋　ます / 說 し＋なさい / 請說 （v2します＋て、た） して＋ください / 請說 した（過去常體）/ 說了	す / 說	す＋<ruby>事<rt>こと</rt></ruby> / 說的事	せ＋ば / 說的話	せ / 說！
<ruby>動<rt>うご</rt></ruby>か （<ruby>動<rt>うご</rt></ruby>かす / 移動）	さ＋ない / 不移動 そ＋う / 移動吧！	し＋　ます / 移動 し＋なさい / 請移動 （v2します＋て、た） して＋ください / 請移動 した（過去常體）/ 移動了	す / 移動	す＋<ruby>時<rt>とき</rt></ruby> / 移動的時候	せ＋ば / 移動的話	せ / 移動！

待 （待つ / 等）	た＋ない / 不等	ち＋ます / 等 ち＋なさい / 請等 （っ促音便） って＋ください / 請等 った（過去常體）/ 等了	つ / 等	つ＋場所 / 等的地方	て＋ば / 等的話	て / 等！
	と＋う / 等吧！					
死 （死ぬ / 死）	な＋ない / 不死	に＋ます / 死亡 （撥音便ん＋で、だ） んだ（過去常體）/ 死了	ぬ / 死	ぬ＋場所 / 死的場所	ね＋ば / 死的話	ね / 去死！
	の＋う / 死吧！					
選ぶ （選ぶ / 選）	ば＋ない / 不選	び＋ます / 選 び＋なさい / 請選 （撥音便ん＋で、だ） んで＋ください / 請選 んだ（過去常體）/ 選了	ぶ / 選	ぶ＋時 / 選的時候	べ＋ば / 選的話	べ / 選！
	ぼ＋う / 選吧！					
飲 （飲む / 喝）	ま＋ない / 不喝	み＋ます / 喝 み＋なさい / 請喝 （撥音便ん＋で、だ） んで＋ください / 請喝 んだ（過去常體）/ 喝了	む / 喝	む＋時 / 喝的時候	め＋ば / 喝的話	め / 喝！
	も＋う / 喝吧！					
帰 （帰る / 回家）	ら＋ない / 不回	り＋ます / 回家 り＋なさい / 請回 （っ促音便） って＋ください / 請回 った（過去常體）/ 回去了	る / 回家	る＋時 / 回家的時候	れ＋ば / 回來的話	れ / 回去！
	ろ＋う / 回去吧！					
止ま （止まる / 停止）	ら＋ない / 不停止	り＋ます / 停止 り＋なさい / 請停止 （っ促音便） って＋ください / 請停止 った（過去常體）/ 停了	る / 停止	る＋時 / 停止的時候	れ＋ば / 停止的話	れ / 停止！
	ろ＋う / 停止吧！					

払 （払う）/ 付錢	わ＋ない / 不付錢	い＋ます / 付錢 い＋なさい / 請付錢 （っ促音便） って＋ください / 請付錢 った（過去常體）/ 付錢了	う / 付錢	う＋時 / 付錢時	え＋ば / 付錢的話	え / 付錢！
	お＋う / 付錢吧！					

🎏 MP311-08

（第二グループ）上、下一段動詞

上 、下一段段動詞日常生活會話常用字補充表：紅字假名為變動部分

上一段動詞 漢字＋い＋る	居る（例外字）/ 在 zài	起きる / 起床 qǐ chuáng
借りる / 借 jiè	着る（例外字）/ 穿 chuān	煮る（例外字）/ 煮 zhǔ
見る（例外字）/ 看 kàn	下一段動詞 漢字＋え＋る	開ける / 打開（开）dǎ kāi
温める /（把湯）溫一溫 wēn yī wēn	教える / 教，告訴 jiāo gào sù	炒める / 炒 chǎo
比べる / 比較（较） bǐ jiào	答える / 回答 huí dá	下げる / 撤下，降下 chè xià jiàng xià
進める / 推進（进），進行 tuī jìn jìn xíng	閉める / 關上（关上） guān shàng	助ける / 幫（帮）助 bāng zhù
尋ねる / 找尋，尋問（寻问） zhǎo xún xún wèn	食べる / 吃 chī	出る（例外字）/ 出 chū
出かける / 出門（门） chū mén	決める / 決定 jué dìng	寝る（例外字）/ 睡 shuì
任せる / 委託（托） wěi tuō	見つける / 發現（发现） fā xiàn	別れる / 離別（离别） lí bié

上、下一段動詞變化圖：以字尾最後一個假名る進行變化

語幹（漢字）語尾變化	第1變化 否定形（常體）意量形（常體）	第2變化 連用型（v敬體形態）Vます＋て（で）、た（だ）	第3變化 辭書形（常體）	第4變化 連體形 V＋N	第5變化 條件形 ……的話	第6變化 命令形（常體）
起 お （起きる） お 起床	き—る—＋ない／不起床 き—る＋よう／起床吧！	き—る—＋ます／起床 き—る—＋なさい／請起床 き—る—＋てください／請起床 き—る—＋た（過去常體）／起床了	きる／起床	きる＋時／起床時	きれ＋ば／起床的話	きろ／起床！ きよ／起床！
見 み （見る） み 看	—る—＋ない／不看 —る—＋よう／看吧！	—る—＋ます／看 —る—＋なさい／請看 —る—て＋ください／請看 —る—＋た（過去常體）／看了	る／看	る＋事／看的事	れ＋ば／看的話	ろ／看！ よ／看！
食 た （食べる） た 吃	べ—る—＋ない／不吃 べ—る—＋よう／吃吧！	べ—る—＋ます／吃 べ—る—＋なさい／請吃 べ—る—て＋ください／請吃 ＋た（過去常體）／吃了	べる／吃	べる＋事／吃的事	べれ＋ば／吃的話	べろ／吃！ べよ／吃！
出 で （出る） で 出去	—る—＋ない／不出去 —る—＋よう／出去吧！	—る—＋ます／出去 —る—なさい／請出去 —る—て＋ください／請出去 —る—＋た（過去常體）／出去了	る／出去	る＋時／出去的時候	れ＋ば／出去的話	ろ／出去！ よ／出去！

（第三グループ）變格

か変来る（來）、サ変する動詞變化表

變格 語幹語尾都變化	第1變化 否定形 意量形 （常體）	第2變化 連用型 （v敬體形態）	第3變化 辭書形 （常體）	第4變化 連體形 V＋N	第5變化 條件形 ……的話	第6變化 命令形 （常體）
か変 来る（來）	来＋ない / 不來 来＋よう / 來吧！	来＋ます / 來 来＋なさい / 請來 来て＋ください / 請來 来＋た（過去常體）/ 來了	来る / 來	来る＋時 / 來的時候	来れ＋ ば / 來 的話	来い / 來！
サ変 する（做）	し＋ない / 不做 しよう / 做吧！	し＋　ます / 做 し＋なさい / 請做〜 して＋ください / 請做〜 し＋た（過去常體）/ 做了	する / 做	する＋事 / 做的事	すれ＋ ば / 做 的話	しろ / 做 せよ / 做

(4) 日文動詞自動詞、他動詞區分表

　　自動詞 → 無受格，不及物，表示動作，作用及狀態，非人為所致，就是自動詞。如自然界現像流水，天災所造成的樹倒屋塌等。

　　他動詞 → 有受格，及物，動作有涉及其它事物。

　　以下是自動詞，他動詞區分 7 種方式，依字型大致區分。下表僅為部分舉例，平日請透過下表方式辨識，再配合查字典應証，應可能助各位增進區分自、他動詞概念。

(1) 只有自動詞：

　有る / 有、持有，居る / 在、有、居住，行く / 去，　来る / 來，死ぬ / 死，できる / 能夠，降る / 降落，枯れる / 枯萎

(2) 只有他動詞：

　着る / 穿，殺す / 殺，食べる / 吃

(3) 同一個字兼具自動詞，他動詞的功能：

　　＊言う /（自）作響、所有的（他）說、講　＊仕舞う /（自）完了，完成（他）整理、收拾、打烊　＊手伝う /（自）由於……原因（他）幫助　＊伴う / 相稱、伴隨　＊休む /休息、睡覺、停止　＊笑う /（自）笑（他）嘲笑

　　※する / 做，也兼具自動詞，他動詞的功能，視する前方所接的名詞判定形態

　　① 若する前方所接的名詞為（N・自サ）時，即表示該名詞＋する為自動詞，如：運動する / 運動，買い物する / 買東西，散歩する / 散步，割引する / 打折等等。

　　② 若する前方所接的名詞為（N・他サ）時，即表示該名詞＋する為他動詞，如：洗濯する / 洗衣，選択する / 選擇，掃除する / 打掃等等。

　　③ 若する前方所接的名詞為（N・自他サ）時，即表示該名詞＋する為自、他動詞兼具，如：勉強する等等。

(4) 自五對他下一，自動詞為五段動詞，對應的他動詞為下一段動詞

自五：～が自動詞（助詞が以外的另外加註字前）	他下一：受格（目的語）を他動詞
開く / 開	開ける / 打開
（に）教わる / 受教、跟……學	教える / 教導、告訴
（に）従う / 遵從	従える / 率領、征服
進む / 前進、進展、發展	進める / 推進、進行
続く / 連續、接連不斷、緊接著	続ける / 連續、繼續
（に）入る / 進入、入學、加入、收入	（を、に）入れる / 放入、嵌入

(5) 自下一對他五、他上一，他五、他上一多為一般生活上的動詞如話す / 說、講，読む / 讀，見る / 看 等，自下一就是其對應之表能力的可能動詞

自下一（可能動詞）：～が自動詞	他五、他上一：受格（目的語）を他動詞
売れる / 賣得出、好賣、暢銷、有名	売る /（他五）賣、出名、出風頭
聞こえる / 聽得到	聞く /（他五）聽
切れる / 能切、快、中斷、用光	切る /（他五）切、中斷
使える / 能用、可以用	使う /（他五）用、使用、花費
煮える / 煮熟、煮好	煮る /（他上一）煮

話^{はな}せる / 能說、會說、懂道理、值得說	話^{はな}す /（他五）說、講
見^みえる / 看得到	見^みる /（他上一）看
読^よめる / 能讀、會讀、理解、值得讀	読^よむ /（他五）讀、唸

(6) 以字倒數第二個假名判斷：
　　自動詞：漢字＋<u>あ</u>段假名＋る的字
　　他動詞：漢字＋<u>え</u>段假名＋る的字

漢字（あ）る / ～　が　自動詞	漢字（え）る / 受格（目的語）を他動詞
温^{あたた}まる /（自五）暖和、富裕	温^{あたた}める /（他下一）溫、重溫
終^おわる /（自、他五）完了、結束	終^おえる /（他下一）完結、終了
変^かわる /（自五）變化、變動、改變	変^かえる /（他下一）變、改變、變化
替^かわる /（自五）替換	替^かえる /（他下一）更換、交換
決^きまる /（自五）決定、規定	決^きめる /（他下一）決定、商定、斷定
下^さがる /（自五）下降、降低、後退	下^さげる /（他下一）撤下、降下
閉^しまる /（自五）關緊、緊閉	閉^しめる /（他下一）關上
止^とまる /（自五）停止、堵塞	止^とめる /（他下一）停住、止、禁止
見付^{みっ}かる /（自五）被發現、被看到	見付^{みっ}ける /（他下一）找、發現

(7) 從動詞字尾判斷，自、他對應的兩動詞中，有一方字尾是 す，<u>字尾是 す 的</u>
　　<u>那個動詞多為他動詞</u>

～が自動詞（助詞が以外的另外加註字前）	字尾す / 受格（目的語）を他動詞
起^おきる /（自上一）起床	起^おこす /（他五）叫喚、喚起、發生
落^おちる /（自上一）掉落、降下	落^おとす /（他五）扔下、弄掉、失落
壊^{こわ}れる /（自下一）破碎、毀壞、故障	壊^{こわ}す /（他五）弄壞、弄脆、破壞
（に）返^{かえ}る /（自五）歸還、復原	返^{かえ}す /（他五）歸還
（に）帰^{かえ}る /（自五）回家、離去	帰^{かえ}す /（他五）讓……回去
倒^{たお}れる /（自下一）倒下、倒閉、生病、死	倒^{たお}す /（他五）弄倒、放倒、推翻

（が、を）出る／（自下一）出（移動V）	出<ruby>だ</ruby>す／（他五）交出、拿出
直<ruby>なお</ruby>る／（自五）改正、修理好	直<ruby>なお</ruby>す／（他五）修改、更改
治<ruby>なお</ruby>る／（自五）恢復、好轉、矯正好	治<ruby>なお</ruby>す／（他五）治療、矯正
（に）戻<ruby>もど</ruby>る／（自五）折返	戻<ruby>もど</ruby>す／（他五）歸還、退回
外<ruby>はず</ruby>れる／（自下一）脱落、掉落	外<ruby>はず</ruby>す／（他五）脱下
汚<ruby>よご</ruby>れる／（自下一）髒、丟臉	汚<ruby>よご</ruby>す／（他五）弄髒
（を）渡<ruby>わた</ruby>る／（自五）渡過、傳來、歸…所有（移動V）	渡<ruby>わた</ruby>す／（他五）交、遞

※自動詞、他動詞表狀態的用法

　名詞＋が＋自動詞て形　<u>います</u>。／單純陳述所見的事實。

　名詞＋が＋他動詞て形　<u>あります</u>。／所見的情況為事先有目的、有意圖之動作行為的結果。

※表動作的出發點或經過的場所的自動詞（移動動詞），中間的助詞會用 "を"。

　MP311-09

🎏 Chapter 3

關鍵句帶入用言及體言（名詞等）各關鍵字練習，一起念，一起學，再多帶出一些句子，例句各劃線部分請自由帶入其他更多適合的詞句，創造各共多不同的句子。／例文<ruby>れいぶん</ruby>の言葉<ruby>ことば</ruby>を適当<ruby>てきとう</ruby>な用言<ruby>ようげん</ruby>や体言<ruby>たいげん</ruby>（名詞<ruby>めいし</ruby>など）の言葉<ruby>ことば</ruby>に置<ruby>お</ruby>き換<ruby>か</ruby>えて、たくさん文<ruby>ぶん</ruby>を作<ruby>つく</ruby>ってみてください。

用言（形容詞、形容動詞、動詞）常用會話文型中的實際運用例句／会話文中<ruby>かいわぶんちゅう</ruby>の用言<ruby>ようげん</ruby>の運用例<ruby>うんようれい</ruby>

以下例句，字體下方，有劃橫線的為形容詞、形容動詞，而紅色字體為動詞，體言（名詞、副詞等）則無任何標示。／例文中<ruby>れいぶんちゅう</ruby>の下線部分<ruby>かせんぶぶん</ruby>は形容詞<ruby>けいようし</ruby>または形容動詞<ruby>けいようどうし</ruby>で、赤字部分<ruby>あかじぶぶん</ruby>は動詞<ruby>どうし</ruby>です。体言<ruby>たいげん</ruby>（名詞<ruby>めいし</ruby>や副詞<ruby>ふくし</ruby>など）と助詞<ruby>じょし</ruby>にはマークはありません。

　　　例<ruby>れい</ruby>：この洋服<ruby>ようふく</ruby>　は　<u>きれい</u>　です。買<ruby>か</ruby>います。

　　　　　物　　　　　　形容動詞　　　　　動詞

　　　　這洋裝　　　　　漂亮。　　　　　我要買。

　　　　这洋装　　　　　漂亮。　　　　　我要买。

　　　zhè yáng zhuāng　　　piào liàng　　　wǒ yào mǎi

例：この服の生地　は　　いい　　です。　　　買いたいです。
　　　　物　　　　　　　形容詞　　　　　　　たい為助詞但變化同形容詞

　　　　　　　　　　　　　　　　　　　　　　V2ます　＋ます

　　　這衣服質地　　　　好。　　我想買。
　　　这衣服质地　　　　好。　　我想买。
　　zhè yī fú zhí（zhì）dì　　　hǎo　　wǒ xiǎng mǎi

※ 適当な言葉に置き換えて練習してみてください。友達とお互いに文型をチェックして、たくさん文を作ってみましょう。 / 可自由替換適合的字練習。請和您的朋友相互檢查彼此的造句，多造些句型吧！

① このトランク　は安くて　丈夫です。お買い得だと 思います。
　　　這皮箱　　便宜 又　　耐用　　我認為　　值得買。
　　　这皮箱　　便宜 又　　耐用　　我认为　　值得买。
　　zhè pí xiāng　pián yí(yi) yòu　nài yòng　　wǒ rèn wéi　zhí de mǎi
　　＊安い / （形）便宜　＊買い得 / （N）划算，值得買

② 値段　が　高いです。　　好き　　でも　買えません。
　　　價格　　　　好貴　　就算喜歡　　也　　買不起。
　　　价格　　　　好贵　　就算喜欢　　也　　买不起。
　　jià gé　　　hǎo guì　jiù suàn xǐ huān　yě　　mǎi bù qǐ
　　＊〜でも / （逆態表現）就算……也……（日檢3、4級重點文型）
　　＊買えます / （可能動詞）表能力能買，買得起，是 買います / 買的可能形態表能力
（可能動詞為日檢3、4級重點文型）

③ ここの料理 は美味しい　です。それに 値段も 手頃なので お薦めします。
　　　這兒的菜　　好吃　　而且　　價格也　　剛好　　予以推薦。
　　　这儿的菜　　好吃　　而且　　价格也　　刚好　　予以推荐。
　　zhè r de cài　　hǎo chī　ér qiě　jià gé yě　gāng hǎo　yǔ yǐ tuī jiàn
　　＊手頃 / （N、形動だ）剛好，合適，大眾化dà zhòng huà　＊薦める / （V）推薦

④ 腰の部分　が　きつい　です。もうちょっと　大きい の　が　ありますか。

腰的部分　　有點緊。　有沒有　　大　　一點的？

腰的部分　　有点紧。　有没有　　大　　一点的？

yāo de bù fèn　yǒu diǎn jǐn　yǒu méi yǒu　　dà　　yī diǎn de

⑤ くつ　が　緩い　です。これ　より　小さいサイズ　は　ありますか。

鞋子　　太鬆。　有沒有　　比這　小的　尺寸。

鞋子　　太松。　有没有　　比这　小的　尺寸。

xié zǐ　tài sōng　yǒu méi yǒu　bǐ zhè　xiǎo de　chǐ cùn

⑥ この服のサイズ　は　合いません。サイズ直しが　出来ますか。

這衣服尺寸　　不合　　可以幫忙　　修改尺寸嗎？

这衣服尺寸　　不合　　可以帮忙　　修改尺寸吗？

zhè yī fú chǐ cùn　bù hé　kě yǐ bāng máng　xiū gǎi chǐ cùn ma

＊サイズ / 尺寸　＊合う / (V) 合身，合適　＊サイズ直し / (N) 修改尺寸

⑦ サイズ　は　ピッタリ　です。これ　を　ください。

尺寸　　正合身　　給我　　這件。

尺寸　　正合身　　给我　　这件。

chǐ cùn　　zhèng hé shēn　gěi wǒ　　zhè jiàn

＊ピッタリ / (副) 正合身

⑧ こんなスタイル　が　好きですが、割引　していただけませんか。

這種款式　　我喜歡　可以　　打個折 嗎？

这种款式　　我喜欢　可以　　打个折 吗？

zhè zhǒng kuǎn shì　　wǒ xǐ huān　kě yǐ　　dǎ ge zhé ma

＊割引 / 打折　＊〜していただけませんか / 可以……（日檢3、4級重點文型）

⑨ 今日、　館内（店内）では　　何か　イベント　が　ありますか。

今天　　館內（店內）有沒有　　甚麼　特惠活動？

今天　　　　館内（店内）有没有　　　甚么　　特惠活动?

jīn tiān　guǎn nèi（diàn nèi）yǒu méi yǒu　shén me　tè huì huó dòng

＊イベント / 活動

⑩ プレゼント　が　ありますか。　　いくら買えば　もらえますか。

有禮物 嗎?　　　　要買多少　　才能得到。

有禮物 嗎?　　　　要買多少　　才能得到。

yǒu lǐ wù ma　　yào mǎi duō shǎo　cái néng dé dào

＊買えば / 買的話……，買う / 買的第五變化條件形

＊もらえます /（可能動詞）能得到，是もらいます /“得到”的可能形態表能力

⑪ 辛いもの　が　嫌い　です。　唐辛子（辛いソース）　を　いれないで　ください。

我討厭　吃辣的。　請　不要放　辣椒（辣醬）。

我讨厌　吃辣的。　请　不要放　辣椒（辣酱）。

wǒ tǎo yàn　chī là de　qǐng　bù yào fàng　là jiāo（là jiàng）

⑫ このハンドバック　は　軽くて、　持ちやすい　です。

這手提包　　又　輕，　　又　　好拿。

这手提包　　又　轻，　　又　　好拿。

zhè shǒu tí bāo　yòu　qīng　yòu　hǎo ná

＊持ちやすい /（形・複合字）好拿（複合字為日檢3、4級重點文型）

⑬ この品物の値段　は　高い　ですが、品質　が　良くて、長持ちします。

這物品的價格　雖　貴，可是　品質　　好又　　耐用。

这物品的价格　虽　贵，可是　品质　　好又　　耐用。

zhè wù pǐn de jià gé　suī　guì kě shì　pǐn zhí（zhì）　hǎo yòu　nài yòng

＊長持ち /（N）耐用

＊～が～ / 可是……、但是……（日檢3、4、5級重點文型）

⑭ お金　が　ない　ので、ウインドウショッピング　だけです。

因為　沒　錢，　就只逛櫥窗（只看不買）而已。

因为　　没　　钱，　　就只逛橱窗（只看不买）而已。

yīn wèi　　méi　　qián　　jiù zhǐ guàng chú chuāng（zhǐ kàn bù mǎi）ér yǐ

＊ウインドウショッピング / window shopping只逛橱窗（只看不買）

＊～だけ / ～而已、～僅、～只（日檢4、5級重點文型）

⑮これ　は　有料サービス　です。別料金　が　かかります。

這是　　付費服務，　　需另外付費。

这是　　付费服务，　　需另外付费。

zhè shì　　fù fèi fú wù　　xū lìng wài fù fèi

＊有料サービス / 付費服務　＊別料金 / 另外付費

⑯荷物　が　重い　です。　持てません。

行李　　　　好重。　　　拿不動。

行李　　　　好重。　　　拿不动。

xíng lǐ　　　hǎo zhòng　　　ná bù dòng

＊持つ / 拿（五段動詞），持てる / 拿得動（表能力的可能動詞），持てない / 拿不動

⑰駅　まで　の　送迎バス　が　ありますか。利用したいです。

有没有　　到　車站　的　接駁車，　我想使用。

有没有　　到　车站　的　接驳车，　我想使用。

yǒu méi yǒu　　dào　chē zhàn　de　jiē bó chē　wǒ xiǎng shǐ yòng

＊送迎バス / 接駁車

＊シャトルバス / 接駁車，シャトル / shuttle是指往返來回的交通工具，シャトルバス就是指往返來回的交通車（公車）

⑱今日は　いい天気　ですね。花見に行きませんか。

今天　　天氣　好。　　要不要去　　賞花？

今天　　天气　好。　　要不要去　　赏花？

jīn tiān　　tiān qì　　hǎo　yào bù yào qù　shǎng huā

＊花見 / 賞花

⑲ 今度　　また　　ここに　泊まりたいです。

　　下次　　我還想來　　這兒　　　　住宿。

　　下次　　我还想来　　这儿　　　　住宿。

　　xià cì　wǒ hái xiǎng lái　zhè r　　　　zhù sù

出発前に　国内で　ネットで　予約すること　が　出来ますか。

　　出發前　　我可以　　先透過　　網路　　在國內　預約　嗎？

　　出发前　　我可以　　先透过　　网络　　在国内　预约　吗？

　　chū fā qián　　wǒ kě yǐ　　xiān tòu guò　　wǎng lù　　zài guó nèi　yù yuē　　ma

🎏 MP3 11-10

⑳

このサービス券（割引券）　を　利用したい 　　　　　　　　　　　助詞變化同形容詞 我想用　這　招待券　（折價券）， 我想用　这　招待券　（折价券）， wǒ xiǎng yòng zhè zhāo dài quàn（zé jià juàn）	のですが、	利用 できますか。 可以　用嗎？ 可以　用吗？ kě yǐ yòng ma
このツアー（コース）に参加したい 我想參加　這團　（這行程）， 我想参加　这团　（这行程）， wǒ xiǎng cān jiā zhè tuán（zhè xíng chéng） ＊ツアー / tour旅遊　＊コース / 行程		まだ参加できますか。 還可以　參加　嗎？ 还可以　参加　吗？ hái kě yǐ cān jiā ma
この便　に　乗りたい 我想搭　這班機， 我想搭　这班机， wǒ xiǎng dā zhè bān jī ＊便 / 班機　＊乗る / 搭乗		まだ席がありますか。 還有　座位　嗎？ 还有　座位　吗？ hái yǒu zuò wèi ma ＊席 / 座位
免税品　を　買いたい 我想買　免税品， 我想买　免税品， wǒ xiǎng mǎi miǎn shuì pǐn		飛行機に乗らなくて も、買えますか。 沒搭機　也　能買 嗎？ 没搭机　也　能买 吗？ méi dā jī yě néng mǎi ma

㉑ すみません、この電車に乗りたいのですが、何分置きに出ますか。

我想搭　　　　這電車，　　　請問　　隔幾分　　出一班呢？

我想搭　　　　这电车，　　　请问　　隔几分　　出一班呢？

wǒ xiǎng dā　　　　zhè diàn chē　　qǐng wèn　　gé jǐ fēn　　chū yī bān ne

＊〜置きに / （放在表數量的名詞下）隔……、每隔……。（日檢3、4級重點文型）

㉒ ビーフ に します。

我　　要　 牛肉 。

wǒ　　yào　　niú ròu

＊〜に　します / 表決定的結果，要〜（日檢3、4級重點文型）

ビーフ の部分を下の言葉に置き換えて練習してください。 / 牛肉 部分部分請帶入

下列各字替換練習：

ポーク 豬（猪）肉 zhū ròu	フィッシュ 魚（鱼）肉 yú ròu	チキン 雞（鸡）肉 jī ròu	スペシャルランチ 特餐 tè cān	洋食 西餐 xī cān
和食 日式料理 rì shì liào lǐ	ジュース 果汁 guǒ zhī	コーヒー 咖啡 kā fēi	紅茶 紅茶（红茶） hóng chá	コーラ 可樂（乐） kě lè

㉓ 毛布 を 一枚 ください。

請給我　　　 一條　　 毛毯 。

请给我　　　 一条　　 毛毯 。

qǐng gěi wǒ　　yī tiáo　　　máo tǎn

※ 毛布 、 一枚 の部分を下の言葉に置き換えて練習してください。/ 毛布 、 一枚 部分

請帶入下列各字替換練習：

酒（ワイン）、一杯 一杯，酒 yī bēi　jiǔ	申告書、一枚 一張，申報書 一张，申报书 yī zhāng　shēn bào shū	本、一冊 一本，書（书） yī běn，shū
肉まん（蒸しパン）、一個 一個，肉包（饅頭） 一个，肉包（馒头） yī ge（gè）　ròu bāo（mán tou）	果物、一山 一堆，水果 yī duī　shuǐ guǒ	スープ、一杯 一碗，湯（汤） yī wǎn　tāng
焼きビーフン、一皿 一盤（盘），炒米粉 yī pán　chǎo mǐ fěn	ビデオカメラ、一台 一台，攝錄影機 一台，摄录像机 yī tái　shè lù yǐng（xiàng）jī	ストロー、一本 一根，吸管 yī gēn　xī guǎn

㉔ 故宮博物館まで　どう行けば　いいですか。　教えてください。

請告訴我　　該怎麼 去 故宮博物院 才好？

qǐng gào sù wǒ　gāi zhěn me qù gù gōng bó wù yàn　cái hǎo

＊動詞V5五變化條件形ば＋いいですか／該……才好（日檢4、5級重點文型）

※「故宮博物館まで　どう行けばいいですか」の部分を下の文に置き換えて練習してください。／「該怎麼去故宮才好」部分請帶入替換下列文型練習：

この表は　どう埋めれば　いいですか。 這個表　該怎麼填　才好？ 这个表　该怎么填　才好？ zhè gè biǎo　gāi zěn me tián　cái hǎo	何が　あったのですか。 發生了　甚麼事？ 发生了　甚么事？ fā shēng le　shén me shì
これ　は　どんな状況ですか。 這是　甚麼情況？ 这是　甚么情况？ zhè shì　shén me qíng kuàng	今　どうすれば　いいですか。 現在　該怎麼做　才好？ 现在　该怎么做　才好？ xiàn zài　gāi zěn me zuò cái hǎo

あそ かた 遊び方を 玩法 wán fǎ	か かた 書き方を 寫（写）法 xiě fǎ	た かた 食べ方を 吃法 chī fǎ	つか かた 使い方を 用法 yòng fǎ
つく かた 作り方を 做法 zuò fǎ	の かた 飲み方を 喝法 hē fǎ	よ かた 読み方を 唸法 niàn fǎ	い かた 行き方を 去法 qù fǎ

㉕

ぜん ぶ 全部　で 全部 全部 quán bù	いくらですか。 多少錢？ 多少钱？ duō shǎo qián

※ ぜんぶ ぶぶん した ことば お か れんしゅう
全部の部分を下の言葉に置き換えて練習してください。 / 全部的部分請帶入下列文
型替換練習：

いっかい 一回で 一次 yī cì	さんにん 三人で 三人 sān rén	ひと き 一切れで 一片 yī piàn	ご ひゃく 五百 グラムで 五百　公克 wǔ bǎi gōng kè	いちにち かしきり 一日 貸切で 一天　包租 yī tiān bāo zū

智寬文化　全書系書目

日語學習系列

| J001 | 太神奇了！原來日語這樣學 (附 MP3) | 定價 350 元 |
| J002 | 史上第一本！中文日文語言交換書 (附 MP3) | 定價 350 元 |

韓語學習系列

K001	搞定韓語旅行會話就靠這一本 (附 MP3)	定價 249 元
K002	超夠用韓語單字會話醬就 Go (附 MP3)	定價 249 元
K003	韓語動詞形容詞黃金方程式 (附 MP3)	定價 320 元
K004	韓國語詞彙分類學習小詞典	定價 350 元
K005	韓國語初級輕鬆學：旅行韓語 (附 MP3)	定價 280 元

外語學習系列

A001	越南語詞彙分類學習小詞典	定價 350 元
A002	魅力西班牙語入門 (附 MP3)	定價 300 元
A003	用中文說越南語 (附 MP3)	定價 380 元
A004	印尼人學台語 (附 2CD)	定價 350 元
A005	魅力法語入門 (附 MP3)	定價 300 元
A006	魅力德語入門 (附 MP3)	定價 350 元

超好用日本語日常生活會話：觀光旅遊篇 (附 MP3)

作者：林真真
出版社：統一出版社
定價：300 元

【中文／日文／羅馬拼音 對照編排，中、日同步錄音】

☆日文學習者的最佳利器，外出旅遊者的強力後盾，主婦的貼心好友
☆日常生活所需生詞、會話一應俱全，好用又方便
☆六大必學單元【入境】、【住宿】、【交通和環境】、【日本哪裡最好玩？】、【到夜市去】、【去餐廳】
☆是您在日不論是觀光、生活、洽商、學習方面，最可靠的好幫手

　　這是一本方便攜帶、又很實用的日文學習書。以中文、日文、羅馬拼音，三種語言對照編排。

　　特別調查華人赴日最迫切需要的關鍵應答，完全掌握最想學且最受歡迎的生活題材，輕輕鬆鬆融入日本生活。

　　本書不僅是本完全實用的會話書，更是您報考新制 JLPT 的益友，本書中多處會話文型就曾經在 JLPT 中，以實境會話方式出題過，本書第 2 單元 C2 在親友家，其中的互動用語就多句在考題中出現。

☆ 本書特色 ☆
　　『超實用』　　完全掌握最受歡迎的題材。
　　『超好學』　　日文＋羅馬拼音同步學習。
　　『超好玩』　　日本由北到南，熱門景點玩透透。
　　『超美味』　　最受日本人喜愛的台灣美食、夜市小吃完整介紹，接待日本賓客朋友體
驗台灣美食很 EASY。
　　『超好用』　　基本句型，舉一反三，隨您變化。
　　『超好聽』　　全書 95% 中文與日文同步錄音，附 MP3 光碟。

　　本系列分成兩個單元：『一、觀光旅遊篇』，『二、生活‧洽商‧求學篇』。（從入境、住宿、交通、日本哪裡最好玩？、台灣夜市美食介紹、去餐廳、逛街購物、上市場、緊急求助、銀行存提款、郵局寄信、公務洽商、教室用語 ...）

※ 本單元收錄『觀光旅遊篇』：【入境】、【住宿】、【交通和環境】、【日本哪裡最好玩？】、【到夜市去】、【去餐廳】

　　本書不僅是留日生溝通交友的實用工具書，應試者的參考書，同時更是台灣人接待日本賓客朋友的好幫手，方便攜帶迅速翻閱速查情境會話，讓您一書抵兩書用。

超好用日本語日常生活會話：生活‧洽商‧求學篇 (附 MP3)

作者：林真真
出版社：統一出版社
定價：300 元

【 中文／日文／羅馬拼音 對照編排，中、日同步錄音 】

☆日文學習者的最佳利器，外出旅遊者的強力後盾，主婦的貼心好友
☆日常生活所需生詞、會話一應俱全，好用又方便
☆簿記生字及基礎國貿生詞廣收納，助您海外經商、求學不求人
☆是您在日不論是觀光、生活、洽商、學習方面，最可靠的好幫手

　　這是一本方便攜帶、又很實用的日文學習書。以中文、日文、羅馬拼音，三種語言對照編排。

　　特別調查華人赴日最迫切需要的關鍵應答，完全掌握最想學且最受歡迎的生活題材，輕輕鬆鬆融入日本生活。

　　本書不僅是本完全實用的會話書，更是您報考新制 JLPT 的益友，本書中多處會話文型就曾經在 JLPT 中，以實境會話方式出題過，本書第 2 單元 C2 在親友家，其中的互動用語就多句在考題中出現。

☆ 本書特色 ☆
　　『超實用』　　完全掌握最受歡迎的題材。
　　『超好學』　　日文＋羅馬拼音同步學習。
　　『超便宜』　　傳授購物殺價秘訣。
　　『超安心』　　獨自就醫、求救也 OK。
　　『超輕鬆』　　全面收納簿記細目生詞及基本國貿生字，(一年級必修專業科目的生詞)，中日對照，助您國外求學易懂不求人，完全吸收新知免煩惱。
　　『超好用』　　基本句型，舉一反三，隨您變化。
　　『超好聽』　　全書 95% 中文與日文同步錄音，附 MP3 光碟。

　　本系列分成兩個單元：『一、觀光旅遊篇』，『二、生活‧洽商‧求學篇』。(從入境、住宿、交通、日本哪裡最好玩？台灣夜市美食介紹、去餐廳、逛街購物、上市場、緊急求助、銀行存提款、郵局寄信、公務洽商、教室用語 ...)

※ 本單元收錄『生活‧洽商‧求學篇』：【逛街買東西】、【上市場】、【緊急求助】、【銀行存提款】、【郵局寄信】、【公務洽商】、【教室用語】...
本書不僅是留日生溝通交友的實用工具書，應試者的參考書，同時更是台灣人接待日本賓客朋友的好幫手，方便攜帶迅速翻閱速查情境會話，讓您一書抵兩書用。

超好用中國語日常生活會話：觀光旅遊篇 (附 MP3)

作者：林真真
出版社：統一出版社
定價：350 元

　　這是一本方便攜帶、又很實用的中文學習書。以繁體中文（注音）、簡體中文（漢語拼音）、日文，三種語言對照編排。

　　特別調查當地外籍人士最迫切需要的關鍵應答，完全掌握最想學且最受歡迎的生活題材，輕輕鬆鬆融入中國語系社會。

　　本系列分成兩個單元：『一、觀光旅遊篇』，『二、生活 · 洽商 · 求學篇』。（從入境、住宿、交通、台灣觀光景點、夜市美食介紹、去餐廳、逛街購物、上市場、緊急求助、銀行存提款、郵局寄信、公務洽商、教室用語 ...）

本書特色
　　『超實用』完全掌握最受歡迎的題材。
　　『超好學』注音符號和羅馬拼音一起標示發音。
　　『超好玩』台灣由北到南，熱門景點玩透透。
　　『超美味』最受外籍人士喜愛的台灣美食、夜市小吃完整介紹。
　　『超好用』基本句型，舉一反三，隨您變化。
　　『超好聽』全書 95% 中文與日文對照錄音，附 MP3 光碟。

* 本單元收錄『觀光旅遊篇』：【入境】、【住宿】、【交通和環境】、【哪裡最好玩？】、【到夜市去】、【去餐廳】

　　本書不僅適合外籍人士，台灣人接代日本賓客朋友更好用，迅速翻閱速查台灣旅遊景點、夜市小吃怎麼說，讓您場面絕不冷場，給對方賓至如歸的好印象。

超好用中國語日常生活會話：生活‧洽商‧求學篇 (附 MP3)

> 作者：林真真
> 出版社：統一出版社
> 定價：300 元

　　這是一本方便攜帶、又很實用的中文學習書。以繁體中文（注音）、簡體中文（漢語拼音）、日文，三種語言對照編排。

　　特別調查當地外籍人士最迫切需要的關鍵應答，完全掌握最想學且最受歡迎的生活題材，輕輕鬆鬆融入中國語系社會。

　　本系列分成兩個單元：『一、觀光旅遊篇』，『二、生活‧洽商‧求學篇』。（從入境、住宿、交通、台灣觀光景點、夜市美食介紹、去餐廳、逛街購物、上市場、緊急求助、銀行存提款、郵局寄信、公務洽商、教室用語 ...）

本書特色
　　『超實用』完全掌握最受歡迎的題材。
　　『超好學』注音符號和羅馬拼音一起標示發音。
　　『超便宜』傳授在台灣當地的購物殺價秘訣。
　　『超安心』獨自就醫、求救也 OK。
　　『超好用』基本句型，舉一反三，隨您變化。
　　『超好聽』全書 95% 中文與日文對照錄音，附 MP3 光碟。

* 本單元收錄『生活、洽商、求學篇』：【逛街買東西】、【上市場】、【緊急求助】、【銀行存提款】、【郵局寄信】、【公務洽商】、【教室用語】...

　　本書不僅適合外籍人士，台灣人接代日本賓客朋友更好用，迅速翻閱速查台灣旅遊景點、夜市小吃怎麼說，讓您場面絕不冷場，給對方賓至如歸的好印象。

國家圖書館出版品預行編目(CIP)資料

史上第一本!中文日文語言交換書 / 林真真 編著. -- 初版. --

新北市: 智寬文化, 2011.10

面 ； 公分

ISBN 978-986-87544-3-0(平裝附光碟)

1. 日語 2. 讀本

803.18   100021188

日語學習系列 J002

史上第一本！中文日文語言交換書

2011年11月 初版第1刷

編著者	林真真
錄音者	小原由里子
出版者	智寬文化事業有限公司
地址	新北市235中和區中山路二段409號5樓
E-mail	john620220@hotmail.com
電話	02-77312238・02-82215078
傳真	02-82215075
排版者	菩薩蠻數位文化有限公司
印刷者	永光彩色印刷廠
總經銷	紅螞蟻圖書有限公司
地址	台北市內湖區舊宗路二段121巷28號4樓
電話	02-27953656
傳真	02-27954100
定價	台幣350元
郵政劃撥・戶名	50173486・智寬文化事業有限公司